淺草鬼妻日記 九

妖怪夫婦在地獄盡頭等你

友麻碧

輕文學
Light Literature

目錄

淺草鬼妻日記 登場人物介紹

擁有妖怪前世的角色

夜鳥（繼見）由理彥

真紀和馨的同班同學，擁有假扮人類生存至今的妖怪「鵺」的記憶。目前與叶老師一起生活。

茨木真紀

昔日是鬼公主「茨木童子」的高中女生。由於上輩子遭到人類追殺，這一世更加渴望獲得幸福。

天酒馨

高中男生，是真紀的青梅竹馬也是同班同學，仍然保有前世是茨木童子丈夫「酒吞童子」的記憶。

前世的眷屬們

《酒吞童子　四大幹部》

熊童子

虎童子

生島童子

水屑

《茨木童子　四眷屬》

深影

水連

木羅羅

凜音

其他角色

小麻糬

津場木茜

叶冬夜

連綿不絕的彼岸花綻放著。

鮮紅如血。

放眼望去全是一片豔紅，我連自己是誰都幾乎要忘了。

我是活著？還是死了？

我是人？不是人？

我好像是鬼，又更像是人……

「啊，對了。我的名字是真紀……茨木真紀。」

我是人類，一個高中女生，住在日本淺草。

父母早已過世，窩在租金便宜的破爛公寓過活。

一頭自然捲透著紅色光澤，水潤有神的大眼靈動可愛，就是個極為平凡的高中女生，卻能看見一般人理應看不到的東西方妖怪。平常總要傾聽各路妖怪的煩惱，幫牠們解決問題。面對妖怪時，我簡直是一把罩。

這是因為我不光是普通的高中女生，還是知名大妖怪茨木童子的轉世。

那時候，每一天都過得很愉快。

不僅有前世死別的丈夫酒吞童子轉世而成的馨陪在身邊，上輩子的夥伴也都齊聚淺草。

被陰陽局的退魔師盯上，在學校校慶歡度青春，把企鵝寶寶小麻糬當作小孩飼養，儘管宿敵安倍晴明揭穿了我過去的謊言，每一天仍舊閃閃發光，那段日子簡直就如夢境般幸福無比。

每一晚，我都會祈禱。

希望這樣的幸福能一直持續到永遠……

可是，隨著一個個謊言攤開在陽光下，我們再度被捲進前世的因緣。最後，我被狩人雷用手刀貫穿身體。

雷，這位男孩，既是昔日砍下酒吞童子首級的仇敵源賴光的轉世，卻又擁有酒吞童子一半的魂魄。他體內容納了立場相互敵對的兩個魂魄，內心極為糾結，身上還背負著詛咒。

我明白。他根本什麼都不曉得，只是遭水屑利用。

他屢次向我求救，我卻不願意接納他，總是將他推開，才導致了今天這種結果。

為什麼？

為什麼，都過了千年，結果還是這樣呢？

都轉世投胎了，大家仍舊深受前世的業力糾纏，沒辦法獲得幸福。

——才不會讓妳們幸福。

簡直像全世界的人都這樣希望似的。

而我失去了意識，清醒後，人就在這了。

「這裡是哪裡？我死了嗎？」
『沒錯，妳死了。這裡是地獄。』
「……地獄？」
一道聲音傳來，我不禁環顧四周。
雖然原本就猜想自己可能是死了，卻沒料到居然會掉進地獄。
但不知為何，我自然就接受了這個答案。
我仔細檢查自己的模樣，才注意到身上似乎穿著令人懷念的和服。
這是……這件黑色和服，是大魔緣茨木童子過去的標準配備。
我心想怎麼可能，再確認一次，才發現自己缺了右手臂。
「……我居然用這副模樣掉進地獄。這根本就是在宣判我的罪，給我懲罰。」
臉上浮現無力的笑容，想哭的情緒一股腦湧上，我仰頭望向天空。
天空呈現詭譎的紅色，正上方，一輪黑色月亮高掛著。
就連此刻是黑夜還白天都難以分辨。
雲捲成漩渦狀，風聲呼嘯，遠處飄來好似硫磺的氣味。
「啊啊，對，我……很久以前，曾來過這裡……」
我有印象。
不知怎地，我總感覺自己並非以茨木真紀的身分墜入地獄，而是承襲了大魔緣茨木童子的罪孽，才被放逐於此。

若真是如此，那我背負的罪孽深似海。我該如何才能贖清大魔緣茨木童子犯下的所有罪呢？

大魔緣茨木童子。

酒吞童子的妻子茨姬墮入魔道後化成的惡妖。

丈夫被人類殺害，奪去首級，夥伴及國家皆隨之滅亡後，憤怒及憎恨的力量促使我化為惡妖，成為日本最邪惡、罪孽最深重的大妖怪。

過去我奪走的人命不計其數，至今竟能逃過責罰才教人疑惑。而這一切，都是為了從人類手中搶回丈夫的首級。

原來如此。

想必是該反省的時刻終於降臨了。

在淺草的幸福日子，宛如一場遙遠的夢。

「該不會，在淺草的那些時光……真的只是一場夢？」

這念頭一萌芽，我不寒而慄。

丈夫的轉世，天酒馨。有他相伴的美好時光，或許只是為了推我跌落更殘酷的地獄，才讓我看見的幸福夢境。

如果真是這樣，效果絕佳。

我此刻已陷入絕望深淵。

「啊……」

我雙手抱頭，當場跪倒在地。

馨這個人根本從未存在。

我也沒遇見前世的夥伴。

而且，我從頭到尾都不曾轉世成名叫茨木真紀的人類女孩。

一切只是所謂的黃粱一夢。

當然是這樣，畢竟這裡可是無間地獄。

墜入此地的大罪人，必須在這個地獄待上宇宙誕生到毀滅那般漫長的光陰，承受無邊的苦難，才終於能獲得投胎的機會。我很清楚這一點。

「啊啊啊啊啊……」

我忍不住雙手摀臉悲嘆。

此刻充斥內心的痛楚、絕望，肯定就是地獄給我的懲罰。

彼岸花豔麗綻放。

染滿鮮紅的世界中，只有我一人。

我在無間地獄，等待著無止盡贖罪的終點。

為了與你重逢，我會一直等在地獄的盡頭。

第一章

前往地獄的方法

我的名字是天酒馨。

我是最受世人畏懼的鬼——酒吞童子的轉世，但此刻那種事根本不重要。

不重要，一點都不重要……

我方才失去了這世界上最重要的人。

將這世界上最重要的人推落地獄的，肯定是我。

「茨木真紀的魂魄，掉進了地獄。」

安倍晴明的轉世，叶冬夜如此表示。

他伸手頻頻往下指。

「……地獄？」

所有人都不禁蹙眉。

去過那裡的應該只有死者，但想必也沒人不曉得地獄的存在吧。

「嗯，對，地獄。位在這個『世界體系』最下層的異界，由具備神格的閻羅王所掌管，有一大群鬼獄卒，罪人死後魂魄會前往的世界。日日夜夜，罪人們的魂魄一次又一次承受超乎想像的痛苦折磨。」

「……」

叶淡然敘述的口吻更是駭人。

而且我有種奇怪的感覺，這傢伙的語氣聽起來簡直像……

「說得簡直像你去過地獄似的。」

「我去過，我去過地獄很多次。」

面對水連的挖苦，叶的乾脆回答令現場所有人都難掩驚愕，頻頻眨動眼睛。

只有叶的式神由理忽然露出頓悟的神情。

「那麼……那麼，叶……你知道該怎麼去地獄帶真紀回來嗎？」

我還來不及感到震驚或疑惑，就如同抓到浮木似地激動問他。

叶的目光稍嫌冷淡，低頭看向求助的我。

「當然。去地獄的路，我知道好幾條。」

「帶我去！帶我去地獄。真紀還有一口氣……只要能把她的魂魄帶回來，她就能醒來，沒錯吧？」

這些話，正是這傢伙告訴我的吧？

可是，叶長長嘆了口氣，無奈地表示：
「事情沒那麼簡單。這女人犯下的是百分之兩百會遭地獄制裁的重大罪孽，就連她人在現世時，都逃不過因果業障纏身了。」
「……重大罪孽……？」
我不住搖頭。
「為什麼？太奇怪了。真紀從來沒做過壞事……反而都在幫助別人不是嗎？」
無論自己受了多少傷，她總是奮不顧身地保護弱小。
無論對方的願望多麼微小，她絕不會棄之不顧，幫助過一個又一個妖怪。
「不，不是茨木真紀本身的罪孽。」
「啊？」
但我馬上聽懂了。
難道是……大魔緣茨木童子的罪嗎？
叶只是側眼瞧著我。
「在地獄那個遙遠的異界裡，你是否能成功扭轉這女人的命運，多半要看你如何判斷、努力和行動了。要推翻閻羅王的審判，就是如此艱難。最終，你可能必須失去一些重要的東西。」
「無所謂！」
我抬高聲量。

叶在試探我的決心，而我不可能有絲毫猶豫。

「只要能力所及，我什麼都願意做。什麼代價我都願意付！比起失去真紀，我……我，只怕失去和真紀共度人生的機會！」

如果真紀不在了，我轉世到這裡又有什麼意義？

即使轉世了，真紀依然躲不過前世的罪，墜入了地獄。

但是，她會犯下前世那些罪，原因在我。

既然如此，此刻，去地獄救回她——

肯定就是前世拋下她一個人的我必須完成的贖罪。

「……請問，叶老師，我也可以去地獄嗎？」

在片刻沉默後，由理出聲問叶。

「鵺，你要去有難度。死掉的話，還有點機會。」

「……只是有點機會……」

「天酒馨有辦法勉強以活人身分過去那裡，是因為這傢伙原本就是『鬼』。他具備了鬼的因子、鬼的靈氣，還有毫無疑問屬於鬼的外貌。符合了這些條件，這傢伙才能適應地獄的環境。簡單來說，那地方適合他去。畢竟，地獄可是鬼的樂園。」

「鬼的樂園……？」

根據叶的說法，地獄充滿只有鬼能忍受的邪氣，根本不是鵺這種潔淨高雅的妖怪能生存的世界。

那為什麼叶說他能來去自如呢？

這傢伙真的渾身是謎。

他還是安倍晴明時，就有不少神祕之處，現在更讓人感到摸不清底細，實在是個可怕的傢伙。

不過，在這種緊要關頭，除了相信這傢伙不知從何而來的知識和力量，也別無他法了。

「叶，拜託你。請你告訴我前往地獄的方法。」

我再次懇求他。

叶又輕嘆口氣。

接著開始說明，語調比任何人都要沉穩。

「去地獄的方法其實有好幾種。要從現世前往地獄，必須要闖進和地獄相連的扭曲時空……成功機率高的地方，第一個是山梨縣鳴澤冰穴的地獄穴，第二個是富山縣的立山地獄……」

叶一一豎起手指比出相對應的數字，依舊語氣淡然地往下說：

「不過我最推薦的是第三個選項，京都六道珍皇寺裡的『通往冥界之井』。從這裡去地獄最安全。」

叶提出所有方案後，茜臉色大變。

「喂，叶，確實是有通往冥界之井，可是……那個，那會引發其他問題吧？」

茜眼神飄忽，話也說得不乾不脆，不像他平常的作風。

相對於茜的擔憂，叶哼一聲笑了。

「嗯，沒錯，這個『通往冥界之井』，現在是陰陽局京都總本部在管。要在他們的眼皮子底下偷偷潛進地獄，還得避開他們的阻撓回到現世。就這層意義而言，或許也是最困難的一條路。」

「等一下，我不懂，京都陰陽局那群人為什麼要阻撓我們？」

茜和叶在這個前提下展開討論，我不解地輪流看向兩人。

「呵，哈哈。」

叶隻手抵額，笑了起來。

「為什麼？你要問為什麼的話，當然是因為那些傢伙肯定不希望天敵茨木童子活過來。」

「……啊？」

在場有人聽懂了，也有人像我一樣不太明白叶的話中含意。

「好啦，我知道了！我知道了啦！」

談話進展不如預期順利時，茜忽地大喊。

「我去找京都陰陽局那些人談。那座井的使用權，我來想辦法！這樣就行了吧？」

「茜……你……」

「你別誤會，天酒馨。少了茨木真紀，我們的戰力就不足，可能打不倒水屑，打不倒玉藻前，更何況敵方還有其他大妖怪。你聽好，我這是依據合情合理的判斷，才……嗯。」

茜剛開口時氣勢十足，後面卻愈講愈小聲，最後只剩下嘟噥的音量了。看來果然有什麼重大因素令他擔心。

「天酒馨。情況就如同叶說的那樣，京都陰陽局有很多人都十分憎恨茨木童子這個大妖怪。就算她轉世成人類了，特地出手救她的必要性何在？要看能說服他們多少了。」

「有談判的空間嗎？」

發問的不是我，是由理。茜微微抬高視線。

「……有是有，京都陰陽局裡也有不同的聲音存在。更何況照理來說，他們應該沒辦法忽視來栖未來……源賴光的轉世才對。」

我沒料到會在此刻聽見來栖未來的名字。

來栖未來就是那名因水屑的陰謀刺傷真紀的男子。聽說他現在就關在這裡，也就是陰陽局東京的總部。

不過，茜說的對。

對於陰陽局的退魔師而言，源賴光是等同於英雄的存在。就像對於妖怪來說的酒吞童子和茨木童子一樣。

我尚未整理好思緒，叶就快步朝病房外走去。

「喂、喂、叶。」

「現在可沒時間在這裡發呆，得馬上動身去京都，你快準備好，我也去收點東西。」

叶轉回一半身子，再一次向我拋來好似在探問決心的目光。

「天酒馨，要是茨木真紀的肉體就這樣死了，就算你成功去到地獄，也很難讓她復活。這一點你要牢牢記住。」

「……嗯，我明白。」

一分鐘也好，一秒鐘也好，我只希望盡快動身去救真紀。

我也再次雙眼堅定地回望叶，點頭。

一切都按照叶的指示進行——陰陽局的人員著手處理前往京都的事宜，那段時間，我就一直待在真紀沉睡的病房，等待對方發出前往京都的許可通知。

大家特意讓我和真紀獨處。

因為不久後，我就得把真紀留在這裡出遠門了。

「真紀……」

在透明膠囊箱裡熟睡的真紀，雙眼闔著，臉色蒼白。

嗶……嗶……偌大空間裡只有心電圖的聲響。

她平常愛講話又愛笑，因此這一刻望著靜靜沈眠的真紀，特別心酸。

「真紀，我真想聽聽妳的聲音。」

我一次又一次在腦中描繪真紀喜怒哀樂分明、充滿強烈生命力的神情。她的笑臉、生氣的臉、鬧彆扭的臉，甚至是哭臉……

她個子比我嬌小得多，總是仰頭望向我，像在確定我的反應似地眨眨眼，咧嘴露出豪爽的笑容，是這樣吧？

而且真紀每次走在我旁邊時，不知何故總愛朝我撞過來。就算我抱怨距離太近了，很痛耶，她也依然故我，依舊不客氣地頻頻撞向我。我心底明明很高興，表面上卻老愛裝酷。

她就是理所當然地一直在身邊。

能觸碰到彼此一直是理所當然的事。

此刻我才明白，是她讓我的生活閃耀光彩，帶給我樸實無華的幸福。

我不想失去她，不願意任何人奪走她。

所以，真紀，妳在這裡等著。撐住。

我一定會帶妳回來。我這就去地獄底端找妳。

「馨，他們說快要可以出發了。」

病房門開了，由理來叫我。

「……這樣呀。」

我輕撫真紀沉眠的透明箱子表面，面對自己的好友，吐露無法向人宣洩的真心話。

「欸，由理，我真是有夠蠢。」

「馨……」

「直到現在，我才終於明白茨姬的心情，茨姬失去酒吞童子時，內心是什麼樣的感受……一千年，要過一千年，等到我失去真紀才終於明白。我怎麼會這麼蠢。」

過去，名為酒吞童子的鬼——

一直認為自己的死，是為了保護重要的人而犧牲自我。

可是被留下來的人，內心滿是懊悔與憎恨，承受的折磨遠比死亡還要痛苦。

無論犯下多少罪，無論要做什麼，一心只渴望再見那個人一面。

事到如今，我終於深深懂了茨姬的心情。因為我也一樣。

「馨，很多事就是這樣，如果沒遇過同樣的挫折，親身經歷類似的痛苦，就無法感同身受。所以人才會老是做出讓自己後悔的事吧。我雖然不是人類，但我是這樣想的。」

由理柔聲向深陷懊惱的我說。

「不過，我很清楚你不是會耽溺在後悔裡的男人，你擁有實現自我理想的力量，你曾經拯救過自己深愛的人。」

「……由理。」

「老實說，我很想反對。居然要跑到地獄去。」

由理緊緊蹙眉，苦澀微笑。

「可是，我不會阻止你。因為你們兩個，絕對缺一不可。」

接著，他用憂傷的目光望向沉睡在透明箱裡的真紀。

「就像千年前，你從那座地獄般的監牢救出尚未轉化成鬼的茨姬一樣……這次，我也相信你真的能從地獄把真紀救回來。應該說，你沒帶她回來，我可不饒你。」

由理嘴上雖然這樣說，我也清楚感受到他的擔憂。

不過同時，我也清楚自己深受鼓舞。真紀是，我也是，我們在由理面前都特別敞開心房。

「由理，謝謝你，總是守在我和真紀身旁，總是支持我們。」

「……怎麼回事？不要講得好像生離死別一樣。」

由理臉上流露成熟可靠的神情，拍了一下我的肩膀。

「這間病房裡的真紀，還有淺草，就交給我們。儘管我的戰鬥能力比不上你和真紀，但我擅長防禦。」

「好，拜託你了。」

一想到有由理在，我就能放心離開淺草。

「我很快就回來，真紀。」

隔著透明箱輕聲向真紀道別，將那張臉龐深深烙印在腦海，我便踏出病房。

胸口塞滿離開她身邊的傷感，以及一定要救回她魂魄的決心。

那天夜裡，我們就離開東京。

除我之外，只有叶冬夜和津場木茜，人數精簡。

如果沒有叶，就算我跳下「通往冥界之井」也去不了地獄，而茜要幫忙向京都陰陽局交涉那座井的使用權。

據說青桐已經向京都陰陽局提出請求了，但還未獲得對方的允諾。可是，我們現在可沒那個閒工夫等他們點頭。

「……」

上次搭新幹線前往京都，就是修學旅行了。

我凝望窗外閃閃發光的東京夜景不斷掠過，回想當時的事。

京都——

就是那次，在那裡又遇見水屑，我們這一世的因緣糾纏就此揭開序幕。

現在回頭看才發覺，京都不僅是我們前世的故鄉，也是無從回避的因果層層交疊的一塊土地。

這樣說來，當時在宇治平等院發現的酒吞童子首級又跑哪裡去了呢？我記得是京都陰陽局那些人拿走了……

「喂，你沒事吧？發什麼呆。」

我維持同一個姿勢沉默不語，坐在隔壁的茜便出聲了。

他是在擔心我嗎？

到頭來，至今多次受到這傢伙的幫助。

我以前一直很排斥退魔師，多虧了津場木茜，我們對那個族群的觀感似乎大有轉變。真紀也是。

「……那個，不好意思，茜。我剛才太崩潰了，很失態吧？」

「不會，沒事。發生那種大事，任誰都會崩潰。」

他還順手遞了罐可樂給我，向我說「喝吧」。

我接過可樂大口灌下，稍微定了定神，才發現原來自己一直都沒喝東西，平時常喝的可樂此刻嚐起來特別美味。

冷靜下來後，大腦也終於能思考了。

對了，這裡是商務車廂耶。印象中，這是我第一次坐商務車廂。

「欸，茜，你怎麼看？」

「什麼怎麼看？」

「我剛剛才想到，淺草可能會有危險。現在真紀和我都不在，正是水屑發動攻擊的大好時機，不是嗎？搞不好這才是她的目標……是我想太多嗎？」

茜一邊喝柳橙汁，一邊回應：

「不，我和青桐也是這樣猜，說不定讓你們兩個離開東京，正是那隻女狐狸真正的目的。不過東京有青桐他們留守，還有許多你們不曉得的強悍退魔師，鵺和你之前的部下跟茨木真紀親衛隊也在，不會那麼輕易被攻陷的。」

「親衛隊……你指四眷屬嗎？這樣形容也是沒錯啦。」

這一次令我大感意外的，就是真紀那些眷屬的反應。

他們居然沒有一個人說要和我一起去地獄。尤其凜音，他也是鬼，只要他想，他也能去得成地獄。

水連不願意離開真紀的肉體，凜音不知何時就不見蹤影，深影和木羅羅則陪著小麻糬，真紀不在，牠很不安。

想必他們都明白，為了真紀著想，自己此刻最應該做的事是什麼，才做出這樣的選擇。

或許他們心裡其實渴望親自去救真紀，卻苦苦壓抑自己。

他們打從心底珍惜、疼愛著真紀。

如果真紀真的以那種方式離開，他們極可能深陷悲傷及憎恨無法自拔，瀕臨化為惡妖的邊緣吧。我絕不能失去真紀，一方面也是為了避免他們淪落至那種命運。

「不過我超驚訝的，沒想到酒吞童子麾下大名鼎鼎的熊童子和虎童子，居然成了知名漫畫家。知道之後就會發現，那部漫畫是真的很擁護酒吞童子。」

「什麼，茜，你也有看《妖王的弟子》？」

「有啊，陰陽局的休息室擺了一整套。以漫畫來說，對時代和妖怪的刻畫十分深刻，很多退魔師都喜歡。」

「哦～要是告訴熊和虎，他們肯定會樂翻。」

我離開東京前，有請酒吞童子之前的部下熊童子和虎童子過來一趟，拜託他們在我不在時守護真紀和淺草。

就算在妖怪中，他們的戰鬥能力也屬頂尖。

就算少了我和真紀，有他們在，一定能堅守到底。

「話說回來，原來東京陰陽局也有高手？我還一直以為你是最強的，畢竟之前都說是王牌。」

「啊？哪可能啦！」

茜不知為何雙頰脹紅，一個勁地否認。

「我根本就是菜鳥中的菜鳥，排倒數的，那只是在說東京年輕一輩的王牌而已。」

接著擺出一副苦瓜臉，神態扭捏道。

「說起來，就是東京陰陽局的年輕一輩，人數少到連我都能當上王牌的意思。老實說，我們很缺人才……」

「咦？這樣嗎？」

再怎麼說，東京至少也是日本的首都。但依照茜的說法，退魔師業界缺乏新血的情況日趨嚴重，特別是關東的名門世家，問題特別顯著。

生不出繼承人，或是儘管後代承襲了名門血脈靈力卻相當低微，甚至連看見鬼的天分都沒有。

理由很單純，因為血統隨時代演變逐漸稀薄。

「都因為這樣，東京陰陽局的人才數量才會輸給京都。氣死人了，明明東京也有妖怪，也有難搞的傢伙在……就是你們啦。」

「啊，對不起。」

我下意識鞠躬道歉。

因為我明白，他是無辜被捲入和我們有關的麻煩事。

「不過真叫人意外，沒想到東京陰陽局會因為缺乏新血苦惱，京都的人才真的比較多嗎？」

「當然兩邊同樣都有缺乏新血的傾向，只是京都具備特殊能力的名門世家數量多得多，又網羅了各種系統和流派。畢竟退魔師也是分成很多種。」

他的神情流露出不悅，但茜也承認，京都確實完整建立起一套更容易生出優秀退魔師的系統。他繼續說明。

「其中一個特點就是，京都有好幾間退魔師學校和補習班，培育新世代退魔師的系統相當完備……唉，他們真的執行得很徹底。他們很清楚最大關鍵就是不能讓血統淡掉，趁學生時期就根據成績和適合程度將男女分組，讓他們以兩人一組的體制執行任務。」

「原來如此，實際上就是在相親了吧？」
「沒錯。」
原來退魔師的世界也很艱難，當成知識聽頗有意思的。
原本陰陽道的觀點就是，男人代表陽性能量，女人代表陰性能量。因此讓男女一組採取行動，於理也說得通。
西說，那些小組有不少後來都結為連理。
「如果是名門世家的繼承人，有些更早就由雙方家族許下婚約了。不管是娶新娘或入贅，總之要維繫血統、確保優秀人才，就是先搶先贏了。哈，我們根本就是一群賽馬。只有這個業界，完全和時代潮流逆著走。」
「的確……」
西又說，但如果不做到這種地步，人類難以壓制有魔都之稱的京都裡的妖怪。
人才嚴重不足，缺乏能力出眾的人類，會導致邪惡妖怪橫行，使人類世界陷入一片混亂。連那些原本與人類和平共存的善良妖怪，也會跟著遭殃。
「說到京都最具代表性的退魔師家族，就是源家和土御門家。如果回溯津場木家的歷史，也是隸屬源家下的一個分支。」
哦，是這樣呀。
「而且京都總本部的陰陽頭，代代都由土御門家擔任。我想你應該曉得，土御門一家就是安倍晴明的子孫。」

「安倍晴明本人可是就坐在前面座位睡覺。」

我探出身子，偷看已戴上眼罩熟睡的叶。

「啊——是沒錯啦。不過，土御門家並不承認他是安倍晴明的轉世。」

「咦？這樣嗎？為什麼？」

「畢竟，一旦他們承認這件事，土御門家在陰陽師界的地位就不保了。不過陰陽局倒是承認的，而叶自身應該根本不在意。是說，既然你們幾個都認定他就是安倍晴明，那事實就不辯自明了。」

「就我來說，這傢伙不管怎麼看都是安倍晴明……」

名門世家要維持自己的聲望，實在也很辛苦。

「順帶一提，青桐也是出身土御門家，而且是本家喔。」

「是喔，那他怎麼沒有待在京都，反而在東京的陰陽局工作。」

「聽說發生過不少事，繼承問題之類的，所以他現在冠母姓，隸屬於東京這邊。」

「這、這樣啊。」

名門世家這種東西啊……（以下省略）

茜大口喝果汁，稍喘口氣，才微微壓低聲音繼續說。

「……陰陽局原本叫作『陰陽寮』，是直屬政府的組織。這組織是從平安時代開始的，這些你也知道吧？」

「嗯，當然。陰陽寮那些陰陽師，以前就是我們妖怪的天敵。」

因為平安時代就有陰陽寮了，安倍晴明也是其中一員。

「不過在明治時代初期，陰陽寮遭某個大妖怪趕盡殺絕，曾經一度解散。」

我抬起頭，已然領悟茜的話中含意。

「明治初期……大魔緣茨木童子嗎？」

「沒錯。大魔緣為了尋找酒吞童子的首級，從平安時代到明治時代初期，一直和陰陽寮的陰陽師起衝突。換句話說，她與桀根京都的退魔師及陰陽師家族的祖先們，持續戰鬥了一段相當漫長的光陰。這就是為什麼京都總本部那些傢伙，會認為茨木童子是世仇的緣故。」

「……原來如此。」

叶和茜一直擔心到京都後，會因為通往冥界之井的使用權和當地陰陽局發生爭執，個中原由就在這裡吧？

「京都陰陽局那些傢伙，不可能希望茨木童子復活。既然都下地獄了，他們巴不得她最好一直待在地獄不要回來。任憑我和叶說破嘴，他們最後還是拒絕提供使用權的機率不小。」

我此刻的表情想必很難看，茜側眼瞥向我。

「沒差啦，真這樣我們就硬闖也行。你不用想太多，儘管下地獄去吧。」

「……茜。」

下地獄去吧。這句話，在平時是非常惡劣的咒罵。

此刻卻令我無比感動，充滿感激。

「可是，茜，要是我擅闖，你不會挨罰嗎？上次你才因為我們被禁足……」

「哈，可能會吧。不過我們還有一張王牌。」

「來栖未來嗎？」

我有意識地說出這個名字。茜往後靠向椅背，瞇起眼睛點頭。

「對妖怪來說，茨木童子和酒吞童子是英雄，那你知道退魔師的英雄是誰嗎？」

「嗯，安倍晴明和源賴光吧？」

「沒錯。在為數眾多的退魔師裡，這兩人特別受推崇，最多人拿他們當作英雄。陰陽師景仰安倍晴明，像我這類武鬥型的退魔師則崇拜源賴光……」

而來栖未來，那位少年正是源賴光的轉世。

儘管他的長相與前世不同，變得和我一樣，也不會改變這項事實。

「來栖未來對你來說可能是傷害女友的仇人，但在我們眼中，他可是英雄的轉世，不能放任他自暴自棄……」

茜低聲說出這句話，又瞄了我一眼。

「你那什麼複雜神情。」

「……我知道。可是，他也是我的一部分。」

「你是指魂魄一分為二那件事？童子切雖是斬妖除魔的寶刀，但我沒聽說過它具備那種力量。那把刀一直受到嚴密封印，是唯一一把沒被陰陽局成員使用的刀。不過……」

津場木茜不再多說，只是長長噓出一口氣。

童子切……因砍下酒吞童子首級聞名於世，在現代也名滿天下的寶刀。

這樣說起來，酒吞童子以前也曾有一把愛刀。

那把刀以酒吞童子小時候的暱稱「外道丸」為名，是大江山的鍛造場打造出的鋒利好刀，後來流落到哪裡去了呢？

酒吞童子死前將那把刀刺進大地，以它作為媒介，促使狹間之國崩毀。

在我透過凜音眼睛窺見的記憶中，酒吞童子死後，似乎是茨姬拿走了，不過……

它現在也仍在世界上無人知曉的某處，沉睡著嗎？

第二章 通往冥界之井

我們在夜色中抵達京都。

據說參考蠟燭形貌建造的京都鐵塔，映入我們的眼簾。

上次修學旅行行程太滿，沒心思細看，現在認真一瞧，才發現這座塔肩負著京都結界柱的功能。

京都的街道為棋盤格狀，東西南北四方都設有受四神加持的結界。棋盤周圍有靈山環繞，這塊土地上的神社寺院又多如繁星，自古以來妖怪的派系也很多。

魑魅魍魎蠢蠢欲動的京都，時至今日，依然是妖怪與人類相互欺騙的魔都。

「嘖，結果我們都到京都了，使用權好像還是沒下來。」

茜開啟手機電源，咂了咂舌。

看來是先請青桐聯繫過對方了。

「哼。不管使用權有沒有下來，要做的事反正都一樣。」

叶則不改自我本色地輕飄飄拋下一句，便鑽進京都車站前的計程車。

而我，內心遠比在東京時更堅決，更冷靜。

看來和津場木茜在新幹線上的談話，對我影響相當大。

而且我又睡了一會兒。事情發生後我就不曾闔眼，補眠後身心終於有了些許力氣，我復活了。

「喂喂，要去地獄你都不怕嗎？」

或許是我的神情太過明朗，茜在計程車中問道。

「當然，我反而還想早點下地獄咧。」

我從來沒想過，自己有一天會這般渴望下地獄。

不過，沒有任何事比失去真紀更令我害怕了。

——六道珍皇寺。

從祇園拐進小巷，就到了這間暱稱為六道，位於京都市東山區的寺院。

據說六道珍皇寺所在這一區，過去是平安京的墓地入口。

因此這裡也稱作「六道之辻」，是現世與冥界的交會處。

「可能因為這個緣故，這一帶和冥界有關的傳說與寺廟特別多，六道珍皇寺也是其中之一。這裡因為有昔日小野篁往來冥界時使用的那口井而出名。」

「小野篁？」

「平安時代的官員。據說小野篁白天在朝廷任官，入夜後，就從那口井前往地獄侍奉閻羅王。這傳說相當出名。他活躍的年代略早於安倍晴明，不過……什麼呀，你明明是平安時代的鬼，卻不知道這件事嗎？」

茜向我講述這間寺的軼事時，一臉不可思議地歪著頭。

「這個……好像，有聽過吧。」

老實說，我真的不太清楚。他和酒吞童子生活的年代也有落差。

居然頻繁前往地獄，這種舉動即使從現代的角度來看也十分驚人。至於當時的酒吞童子，眼裡只有名為現世的地獄，從不曾想像過真正的地獄究竟長什麼模樣。

我們快步走過黑漆漆的寺內。

寺內占地很廣。茜表示，這間六道珍皇寺有一座祠堂祭拜閻羅王像，還有一座據說鐘聲能傳到冥界的「招魂鐘」。

不過我們的目的地是通往冥界之井。

寺內本堂後方的那座井。

我們光明正大地探頭往井裡瞧。沒什麼特別之處，看起來就是隨處可見的水井。

「外觀看起來就像有定期維護的普通水井。」

聽說它連通地獄，我還以為會有什麼特殊造型，結果外觀就是一口平凡無奇的古井。

只是，擅長結界術的我心裡清楚。

這口井底下存在著扭曲的空間。

「另一側也有從冥界回來時用的井。」

「哇啊，叶，你也太清楚了吧。」

看來除了這座通往冥界之井以外，還有另一座回來時用的井。那口井是最近才發現的。

就在我們觀察通往冥界之井，探頭查看裡頭情況的時候——

風向霍然轉變的瞬間，我察覺到靈力的氣息。

我用眼角餘光捕捉到無數條黑影。

「我們好像被包圍了。」

「嗯……」

我和茜側眼互看，確定兩人的觀察一致。

好幾人出現在這間六道珍皇寺，正圍繞住我們。

多半是京都陰陽局的退魔師吧。

「少偷偷摸摸的，全給我出來。反正你們也沒有要藏的意思。」

「……」

茜大喊後，漆黑夜色中閃出約莫五道人影。

人數比預想的少。方才從氣息推測時，我還以為有更多人。

他們可能是故意分散氣息，讓我們誤以為對方聲勢浩大吧。居然想玩心理戰術……

那群京都陰陽局的退魔師臉上全都戴著紙面具，身穿傳統的狩衣裝束，和之前出現在平等院地底下的那些人是同樣打扮。

東京陰陽局的傢伙基本上都穿西裝，看來京都的規矩是穿狩衣。

從這種小地方，即可感受到東京和京都的陰陽師作風不同，果然京都就是更偏重傳統與形式。

「聽著，你們已經徹底被包圍了，乖乖聽從我們的指示。我們不可能放任茨木童子的魂魄從地獄復活。」

一位退魔師不知為何手持擴音器朝我們大聲呼籲。他體格健壯，從聲音聽來，應是位男性。

「喂，半夜拿擴音器講話會吵到附近居民吧！」

茜也跟著抬高嗓門。根本半斤八兩，他那音量在深夜已足以擾人清夢。

「閉嘴，津場木。你一個出身名門世家的退魔師，居然跟妖怪混在一起。我聽說上次在京都你也袒護過他們。」

「我才沒有！我只是看你們的行徑不順眼。話說回來，他又不是妖怪，是人類，只是靈力值高達怪物等級而已！」

「哈，在你打算協助茨木真紀復活時，你就是妖怪的同夥了。你們東京那群人就是在這方面太隨便，讓人頭痛，根本沒搞清楚自己的立場。」

「啊？你說什麼，混帳。我才聽說你們京都這些人最近跟天狗如膠似漆咧！派系鬥爭還把天狗牽連進來，賄賂已是家常便飯！」

「你、你少囉嗦，那是高層和前局長擅自搞出來的飛機。」

茜和京都的退魔師嘴上毫不留情地攻擊對方。

「啊。」

而叶那傢伙，居然已默默抬起一隻腳跨進井裡了。

「叶……叶先生！就算你是安倍晴明的轉世，要使用這口井，也需要高層許可和專門的符咒！」

原本忙著和茜吵架的京都陰陽局退魔師，有一位神色十分慌張地大喊。

面對叶，他起碼還尊稱為先生。

叶本人的臉色則沒有一絲一毫的變化。

「高層許可關我什麼事。我也不需要符咒，這口井原本就是我造的。」

「啊？」

他拋下令人充滿疑問的一句話，毫不猶豫地跳進井裡。

……咦？這樣就行了嗎？

所有人都愣在原地。因為大家原先都以為需要一些儀式，或者神聖的咒語之類的。

「喂，馨！你發什麼呆，你也快進去！」

茜見機便朝我背後推了一把。

「嘖，想得美！」

一位退魔師朝我射來符咒，但茜一刀就將其砍成兩半，接著他高高舉起髭切，逼退那群理應是夥伴的陰陽局退魔師。

「茜，抱歉，你別死……」

「廢話！拜託，你少詛咒我！」

以前好像也曾這樣麻煩茜拖延敵人腳步，我決定相信他，毫不遲疑地跳入井裡。

既然自己現在也等於要去赴死，也就沒什麼好顧慮的了。

聲音、光線瞬間消失——

我跳進來後，井寬及井深彷彿完全變了樣。

簡單來說，我跨越世界的邊境，闖進另一個空間裡了。

那是墜入異界的洞。

這個洞深不見底，身體彷彿正無止盡地往下墜。

等身體終於適應墜落的感覺後，已分不清自己是在下墜、飛翔，還是上升了。

「……？」

忽然，視野一片開闊。

充斥沙塵的空氣，以及強烈的硫磺味……

回過神，我已站在混濁的紅色天空下。

環顧四周景色，旁邊有一條顏色稱不上美麗、水流悠緩的大河，滿布砂石的河岸上立著沾染薄塵的風車。

風車喀拉喀拉地轉動，發出陰鬱的聲響。

「……我……是……」

一開始，我連自己是誰，為什麼在這裡，都想不起來。

不過大腦逐漸恢復思考能力。

對了，我是馨，天酒馨。

酒吞童子轉世而生的人類，剛才跳進一個井，掉進了地獄裡。

「咦？爪子？」

指尖長出的爪子以人類來說也太鋒利了，我嚇一跳。

慌忙伸手去摸頭。

「角？頭上長角，表示我現在是鬼的模樣囉？」

看向河面上自己的倒影，我又大吃了一驚。

我此刻無論外貌、打扮，都和千年前的酒吞童子一模一樣。上次長這副模樣，是與波羅的．梅洛對決，喝下阿水的變身藥，外觀化身成酒吞童子那次了。

那個……拜託誰來簡單說明一下現在是什麼情況。

「哈哈哈～不要用酒吞童子的模樣露出那張呆臉。看你這副蠢樣，我很懷疑你能不能在廣大的地獄裡找到茨姬……」

不知何時，叶已站在身側。

他欠揍地嘆了口氣，又搖搖頭，一副真拿你沒輒的態度。

「欸，叶！為什麼連你都是安倍晴明的模樣！」

我用力指向那傢伙。叶也是一身黑色束帶裝束，外表活生生就是上輩子的安倍晴明。

咦？等一下，好像又有哪裡不太一樣，該說是外觀不太對勁嗎？

叶也側頭「啊？」了一聲。

「你說什麼傻話。你怎麼看都是酒吞童子，但我可不是安倍晴明。我這副模樣正是小野篁本人。」

「什麼？小野篁？」

這名字，我記得在六道珍皇寺時曾聽茜講過。

可是，為何這時會提及這個名字呢？

可惜一身公卿打扮的叶看來並沒有向我詳細說明的打算，他一言不發，手伸進懷中摸索，掏出一個卷軸丟向我。

「你聽好了，酒吞童子，你來地獄是有任務的。我待會就要留你一個人在這裡，你就拿著那東西去閻羅王宮殿。」

「咦?」

「你應該會在路上遇見下級獄卒，他們會問你是誰，到時你就回，小野篁命令我來的，我想當獄卒。還有，你絕對不能透露自己是酒吞童子。」

「啊?」

「聽懂了嗎?千萬記得，絕對不能說。」

我聽得一頭霧水，只是不斷回以「咦?」或「啊?」但叶無視我的滿心疑惑，轉眼間就消失了蹤跡。

即便我環顧四周，也完全不見他的身影。

簡而言之，我被一個人丟在地獄裡了。

「那傢伙……性格比我更像個妖怪吧。」

自言自語真空虛。

徹底落單後，我才第一次發覺就算陪在身邊是那種傢伙，也比一個人要來得安心多了。儘管他是上輩子的世仇也一樣。

應該就是那樣吧。出國後，就算平常是完全合不來的類型，只要有同一個國家的人在旁邊就能壯膽，交情也會變好，就是那種現象吧……

我擅自下了結論。

接著，默默踩過河岸旁的碎石。

「叶那傢伙，是叫我去閻羅王宮殿吧。」

這裡是哪裡？

他只交給我一卷神祕的卷軸，作為在地獄闖蕩的初期配備實在太寒酸了。話又說回來，這裡真的是地獄嗎……？

虛無又寂寥，極為乾燥之地。

風透著熱氣，夾帶硫磺味撲面而來。

我抬頭向上望，天空滿是凝滯的紅色雲朵，漆黑月亮宛如太陽般高掛天際。不對，那看起來就像是空間的一個破洞。

「難道是地獄穴？」

罪人的魂魄都會從那個洞掉下來嗎？

要上去，果然還是需要蜘蛛絲嗎……？

「啊。」

前方出現三隻鬼。遇見第一組村人，不，第一組地獄鬼了。

地獄的那些鬼就像圖畫裡一樣，皆為魁梧男性，身上裝束卻非傳統和服，不知為何穿著厚實的黑色守衛服裝，但肩上果然扛著鬼金棒。

下巴偏翹、尖牙朝上翻的那些鬼瞧著我問：

「哎呦，真難得，你是現世的鬼吧，怎麼會在冥河岸邊？」

啊啊，一眼就能看出我是現世的鬼啊。

「那個……是一個叫作小野篁的人命令我來的，我想當獄卒。」

我按照叶的吩咐回答後，那些鬼詫異驚呼，面面相覷。

「是那位小野篁大人嗎？」

「他又回到地獄來了嗎？」

看來小野篁在這裡很出名。

從那些鬼驚疑不定、微微顫抖的反應可以推測出，大家對他的印象不是太好。

「既然是小野篁的命令，那就沒辦法了。我們這裡的規矩是，如果有異界鬼想成為獄卒，就帶他去閻羅王宮殿，在那裡，由閻羅王直接任命他為獄卒，分派適當的工作。你跟我們來。」

「啊，是。」

被那幾個體格巨大的鬼團團圍住，我只能乖乖聽話，跟在他們屁股後面走。

名滿天下的酒吞童子居然淪落到這麼悽慘的田地。

不過我在地獄裡又不能自稱酒吞童子，更何況，酒吞童子這名字想來也討不到任何便宜吧。

離開河岸，我們爬上山丘。

放眼望去，只見褐色土壤裸露的遼闊荒野。

彷彿沒有盡頭的世界。

我凝神細看，才發現遠方有些微微凸起的物體，似乎是一些建築物。

「那就是閻羅王宮殿。」

一個鬼告訴我。距離遙遠，看不出城有多大，不過光是能瞧見目的地，我不禁稍稍放下心來。

「我一直以為地獄是個更嚇人的地方，沒想到……就是一片荒蕪啊。」

我不經意說出真心話，身旁的鬼露出不可思議的表情。

「你完全不曉得地獄的情況嗎？」

「咦？嗯，差不多，我才剛來沒多久……」

那些鬼狐疑地互望。

多半沒幾個傢伙會在完全不具備任何知識的情況下，就闖進地獄吧。

不過……

「地獄分為八層，管轄是各自獨立的。這稱為八大地獄。」

那些鬼豎起食指，一一道出地獄的名稱。

「第一層是等活地獄……第二層是黑繩地獄……第三層是眾合地獄……」

「第四層是叫喚地獄……第五層是大叫喚地獄……」

「第六層是焦熱地獄……第七層是大焦熱地獄……」

「最後是第八層，無間地獄。」

八個地獄宛如筒狀的地層一層層相疊，罪孽愈深重，就會墜入愈下方的地獄。而愈往下的地獄，負責管理的獄卒地位就愈高。

「每一層地獄的酷刑都不同。」

「順便說明一下，這裡是第一層的等活地獄。」

「像我們這種出頭無望的萬年下級獄卒，就在這裡工作。」

「哇哈哈，還真的。」

「下次考試，我一定要考上中級。拚啦——」

那些鬼鼓起幹勁開始「加油啊哇啊——」地鬼吼鬼叫。

莫名其妙就忽然熱血起來，不過從方才的談話聽起來，他們多半屬於最低階的層級。

接下來，我就和那些鬼一起在遍地紅褐土壤的廣大荒野走著。

一邊走，他們一邊向我說明「獄卒」這個地獄裡專由鬼司職的職業。

「獄卒，就要遵照閻羅王的命令管理墜入地獄的罪人，對他們施加酷刑或拳打腳踢。只有鬼才能擔任。」

「其實還不少鬼憧憬我們這個職業，專程從異界跑來，大家也是下了決心才能跑到這世界的最底層來。」

「但在地獄生活，對鬼來說相對輕鬆。我聽說在其他世界，大家都討厭鬼，待在地獄至少不會沒飯吃，獄卒是公務員，發薪也穩定。」

「什、什麼……公務員嗎？」

真意外，沒想到那些鬼這麼友善又親切。

我原本還以為在地獄折磨罪人的鬼，肯定淨是些凶惡駭人又殘暴的傢伙。

最叫人吃驚的是，獄卒居然是公務員。嗯～聽起來還不壞。

「咿啊——」

「哇——哇——」

「去死，去死——」

無數道慘叫般的狂吼、垂死前的淒厲喊聲交疊在一起，飄進耳裡。簡直像是戰場上的音效。

荒野的正中央有一個巨大的洞穴，帶我同行的那幾個下級獄卒滿臉期待地探頭望向洞裡，再朝我招招手。

「……這？」

我在裡頭看見的畫面遠超乎想像。

身穿白色和服的罪人們手握刀或長槍，彼此交戰。

更精確地說，他們是在相互殘殺。

一群鬼圍在外面監視，偶爾加入其中，如果發現有罪人偷懶，就出手攻擊他們。

罪人們拚命砍伐、刺殺、痛毆或揍扁其他人，殘虐地殺害彼此。只是，就算不幸戰死也會立刻復活，繼續殘殺的輪迴。鮮血染滿大地，無論肉體受到多重的傷，墜入地獄的罪人是死不了的。

我此刻肯定就是個名副其實的青鬼，臉色鐵青。

我收回方才的結論，這裡果然是那個嚇人的地獄。

啊啊，我不行了，好想別開頭。這畫面太衝擊了，需要馬賽克。

「喂喂，這樣你就受不了，那可沒辦法當獄卒喔。」

「第一層等活地獄，是罪孽最輕的罪人會掉進的地獄，這一層的酷刑是，即便死了也必須持續戰鬥。」

「那些罪人原本就是死人，只是依憑魂魄對於肉體的記憶來感受到疼痛和苦楚。所以就算他們身受瀕死的重傷，譬如肉全被砍下只剩骨頭，也不會死，隔天就完全恢復了。」

「掉進愈下面的地獄，就得面對比這更煎熬的酷刑，而且必須忍受極其漫長的時間。」

「……」

這、這意思是，真紀該不會也遇上比這更殘忍的酷刑了吧？

怎麼辦？我得盡快找到真紀，救她離開地獄才行……

「那個，獄卒會知道哪個罪人待在哪一層嗎？」

我向熱心過頭的幾位下級獄卒提出疑問。

獄卒們互看彼此。

「這個呀，如果是自己那一層的罪人的話。就算不喜歡也會記得長相。」

「不過其他層的罪人就不曉得了，但閻羅王應該全部都曉得。」

閻羅王……嗎？

那是管理地獄的王，他在現世也是出名到幾乎無人不知無人不曉，知名度多半比酒吞童子更高。

「啊啊，小野篁大人大概也曉得。」

「說起來，你是因為小野篁大人的介紹才來地獄的對吧？」

「你們現世鬼可能不知道，小野篁大人是唯一一個爬到地獄高層的人類，閻羅王的左右手。」

獄卒現在說的這些話，的確和茜之前告訴我的內容吻合。

這個名字多次被提起、名為小野篁的男人。

為什麼叶會自稱小野篁呢？我至今還搞不清楚。

那傢伙明明是安倍晴明才對——

我在地獄裡，不只會更了解真紀，也將明白渾身是謎的叶背後的另一面。

赤褐土覆蓋的荒野正中央，矗立著地獄的中央機關「閻羅王宮殿」。
宮殿四周有高聳的鐵牆圍繞，此刻我們就站在正前方，脖子要抬得老高才能仰望牆面。
「這道牆裡，就是大王都。地獄各層都有類似的城市，鬼就在裡面生活。」
「要用這麼高的鐵牆包圍，是為了阻擋沙塵暴。這一帶很嚴重。」
「啊，喔。」
按照那些鬼獄卒的說法，這面鐵製城牆裡，似乎是一座具備生活機能的城市。
住在裡頭的，是管理地獄的眾多獄卒、他們的家人、在城裡做生意的一般鬼。
身為一個操弄狹間結界的人，我滿心好奇這座城的構造及機制，興致勃勃地想一探究竟。
城門開啟，踏進裡頭後，的確看見鬼生活的寬闊街道。
「喔喔……裡面確實很熱鬧耶。」
街道整齊又美輪美奐，完全無法聯想到此處是地獄。不僅建築物和橋梁色彩鮮豔眩目，路上也可見到許多鬼，熱鬧非凡。
有些鬼的體格和帶我過來的那幾位一樣巨大，也有像我一樣接近人類體型的鬼。

還有女性、小孩子的鬼，身上全穿著乾淨、顏色明亮的和服，看不到任何一處貧窮的角落，所有居民都過著豐衣足食的生活。

這副光景不禁令我想起大江山的狹間之國。

「……」

「地獄是鬼的世界，不過鬼也分為很多種。巨大的鬼，嬌小的鬼，在地獄土生土長的鬼，從異界搬過來的鬼。然而，不同種族之間沒有隔閡，都會分發到適合自身性格或特質的部門工作。在所有鬼中，獄卒也算是菁英工作喔。畢竟我們好歹也是公務員！」

帶我來此地的獄卒豎起大拇指，特別強調這一點。

不過感覺實在有點怪異。鬼在地獄裡過的日子，簡直和人類在地面上的生活沒兩樣。

在現世時，叶曾說過地獄是鬼的樂園，但我真的從來不曉得有這樣一個地方，鬼能過上如此安穩的生活。

「呦呼，各位獄卒，大家今天也有努力工作嗎？嗝。」

這時，前面有位男性向我們隨意揮手，腳步虛浮，搖搖晃晃地走近。他周圍還有好幾位鬼美女隨身伺候。

誰呀？下垂眼、一頭自然捲的男性滿臉潮紅，看來喝得醉醺醺的。

「咦？有個生面孔的鬼。嗝。」

他注意到我的存在，探頭過來。唔哇，酒臭味好重……

我別開臉，卻對他眼睛的顏色留下深刻印象。
光看一眼，內心就騷動不已。那雙眼睛的深處躍動著一抹紅紫色光芒。
「啊啊啊啊。」
那些下級獄卒無預警地驚叫出聲，慌慌張張跪倒地面。
「您您您是，閻羅王大人！」
咦？閻羅王……？
這個男的就是？
「各位下級獄卒，你們在哪裡撿到這隻鬼的啊？異界鬼吧？嗝。」
被稱作閻羅王的那名男子，似乎很在意我的事。
「是。我們在冥河岸邊一帶巡邏時發現他的，他說自己是現世鬼，想成為獄卒。手裡還有小野篁大人的介紹信。」
「……咦？篁的？」
好像是閻羅王的男子表情瞬間凍結，一瞬間酒意全消似的。
「不會吧……篁那傢伙回地獄了嗎？真的假的？哪裡來的消息？」
「呃，這是介紹信。」
我遞出那個卷軸，被稱作閻羅王的男子用顫抖的雙手攤開。
「啊啊啊，還真的，這是篁的筆跡。也就是說……要是被他發現我偷懶，我就死定了！」

應該是閻羅王的那名男子驀地瞪大雙眼，不知從哪裡變出一個華麗的王冠。戴上頭，「咳咳」大聲清了清喉嚨。

「來自現世、希望成為獄卒的青年，稍晚可過來閻羅王宮殿。既然你手上有篁的介紹信，要安插一份工作不成問題。屆時我會仔細觀察你的特質，再決定分發的層級……你長得滿帥的，應該可以去眾合地獄。」

先不管最後一句話，他說話的語調突然流露出高貴氣質，展現出王者風範。這男子果然是地獄的霸主——閻羅王吧？

「我得趕緊走了！要比篁更早回宮殿才行！」

「啊，閻羅王大人！」

那名男子光速離開了。

原先圍繞在他身旁的那些女性鬼紛紛發出遺憾的嘆息，婀娜多姿地目送他遠去。這到底是怎麼回事……

「新來的，你真行！才剛來就可以去第三層眾合地獄？」

「好好加油！聽說那邊的工作滿辛苦的。」

「……咦？」

帶我過來這裡的那些下級獄卒，有的拍我後背，有的捶我肩膀，紛紛出言讚賞或大方鼓勵。

「那個，我其實還有點搞不清楚狀況，總之我先過去閻羅王宮殿，謝謝你們帶我過來，多虧你們幫忙。」

我禮數周到地向那些下級獄卒道謝。畢竟我現在還只是個見習的。

「好喔，萬一遇上什麼事，就來找我們。」

「我們就住這附近。」

和他們在原處道別後，我直直朝閻羅王宮殿走去。

名為大王都的這座城市，對初來乍到的外地人十分友善，隨處可見地圖或立牌，立刻就能明瞭該如何抵達目的地，都市規劃完善，令人佩服。

只是，和我原本想像的地獄簡直相差了十萬八千里。

這裡的鬼性格平穩，甚至可以說太親切了。最叫人詫異的是閻羅王，還游手好閒地逛大街。

「好和平，和平到令人害怕。」

地獄究竟是個怎麼樣的地方呢？

真的是一個和我們人類過去想像截然不同的世界嗎？

走在大王都裡，我注意到一件事。

生活在這裡的一般鬼，全都穿著和服。相較於日本自古以來的和服，圖案及色彩再更華麗些，剪裁也略有不同。東西方各種文化的特色都能見到，偶爾也有鬼和帶我過來的那些獄卒一樣，穿著黑色的守衛服裝。

吸引我目光的不只是衣服。

各種文化以獨特的方式在此融合，街道上有路面電車奔馳，也有鬼騎機車呼嘯而過，看起來文明程度也頗高。

「咦？剛才天空明明是紅色的，這裡卻是晴天。」

直到這一刻，我才發現這件事。我爬著通往閻羅王宮殿的斜坡，回頭望向後方，立刻就明白了。

以這座大王都為中心的圓形區域，天空晴朗無雲。

外圍則依然籠罩在紅黑雲朵之下。或許是透過某種技術，阻止雲飄過來中央這一區。

閻羅王宮殿矗立在城內至高處，門口站著幾位士兵，一一盤問欲進入裡面的訪客。

「你有小野篁大人的介紹信？好，允許你入宮。」

那個卷軸發揮作用。光是拿出來給他們看一下，就毫無困難地通過大門了。

「話說回來，這座宮殿還真大。」

近距離觀看更有魄力。

外觀也貌似日式城池的放大版，不知是屋頂形狀還是屋瓦顏色的緣故，也像是古代中國會出現的皇城。只是呀，畢竟是異界的宮殿，獨特的結構和裝飾實在很難說是哪一種特定風格。

我走進裡頭，宮殿內不僅極為寬敞，中央還挑高，並設有玻璃帷幕的電梯，令我大吃一驚。

好幾部並排的電梯正忙碌地上上下下滑動著。

「百貨公司……？」

這場面，是大型百貨公司和購物中心經常出現的規格。

我搭上電梯，朝寫有閻羅王辦公室的最高樓層移動。

閻羅王宮殿，多半就是地獄的中央政府吧？

在上樓過程中進出電梯的那些鬼，和在荒野幫我帶路的下級獄卒不同，散發出一股高學歷菁英的氣質。

鼻梁上掛著眼鏡，短髮側分。

女性鬼也一樣，頭髮嚴實紮起，一副幹練職業女性的模樣。

和服也是乾淨俐落的黑白配色，氣質沉穩。

看起來就像是政府官員……

唯獨外觀是酒吞童子的我稍顯突兀，令人頗不自在。不過根本沒人關注我，全都行色匆匆。

大家都很忙吧？

位於正中央的那台巨大電梯強而有力地攀升，終於來到最高樓層。

抵達最高樓層花了有十五分鐘吧？就是有這麼高。

負責最高樓層櫃檯的鬼，已事先得知我會過來的消息。

「你就是手中有篁大人介紹信、想當獄卒的那位吧？閻羅王在裡面。他很忙，請盡量避免占用太多時間。」

「是。」

他很忙？剛才還在城裡逛大街……

宛如地獄入口的巨大鐵門開啟，我踏進閻羅王寬敞的辦公室。

裡頭幾位貌似書記官的鬼，有些正急匆匆地搬運卷軸，有些正埋頭振筆疾書。房間中央擺著一張華美的王座，一位男子盤腿坐在上頭。

難道那就是閻羅王？

正中央寫著「王」字、金燦閃亮的王冠。鮮豔而五彩繽紛的華貴服裝，那身打扮就和平常在圖畫中看到的閻羅王差不多。

跟方才在街道上遇見時的德行簡直天差地遠。

「聽說你是想成為獄卒的現世鬼，報上名來。」

閻羅王詢問的口吻彷彿初次見到我。

聲線沉穩，甚至散發著一股威嚴，和剛才在街上的模樣根本判若兩人……

「我的名字叫作……外道丸。」

一瞬間，我拿捏不定該說出哪一個名字。

天酒馨是人類的名字，酒吞童子是鬼的名字沒錯，但叶曾叮囑我不能透露身分。

我立刻報上的，是酒吞童子小時候使用的名字。

閻羅王揮筆在厚厚的名簿上書寫，瞇起一隻眼睛。

「外道丸嗎？很像鬼的名字。」

接著，再次將目光投向我。他神情專注地盯著我瞧。

「嗯，你外型帥氣，去第三層眾合地獄應該不錯。最近剛好缺少美男子，管轄第三層的層長才要求要增加人手。」

「……啊？美男子？」

我想先知道地獄為什麼會需要美男子，我認真的。

「咳咳。首先，我來說明一下地獄的情況。」

閻羅王清清喉嚨，貌似書記官的兩位獄卒從天花板拉出一塊白布似的物體，將地獄的結構圖投影在上面。

太驚人了。地獄居然也有投影機。

「地獄，這個世界是在管理受我『閻羅王』支配的所有罪人。雖統稱為罪人，其中不只有人類，也包含了妖怪和動物這些所有擁有魂魄的物種。但其中也有種族得以用肉體狀態活在這個地獄裡，那就是鬼。」

「鬼……」

「只要是鬼，無論你來自哪個世界，我們地獄都會接納你。為什麼？因為我超級喜愛鬼，而且鬼是唯一能夠承受地獄邪氣的種族。」

閻羅王手裡握著長長的伸縮棒，指向投影幕上的地獄圖。
「來，我介紹一下八大地獄。地獄分為八層，罪人會依照罪孽多寡分別掉進不同的地獄。詳細內容你之後再仔細看地獄的手冊。」
「秋雨」——閻羅王呼喚一個名字，彈了下手指。
下一刻，秋雨，一個模樣討喜的圓滾滾小鬼慢慢走到我面前。
「請～」
遞出一本貌似手冊的本子。封面上寫著觀光導覽，插圖卻是鬼用石臼把人搗爛這種地獄風格畫好畫滿的殘酷圖案……
我心驚膽戰地翻開那本手冊。

第一層・等活地獄
罪孽最輕的罪人會墜入此層。罪人所受的酷刑主要是，無止盡的相互殘殺。
閻羅王宮殿及大王都在這一層，購物方便。幸運的話，或許有機會巧遇閻羅王。
第二層・黑繩地獄
犯下偷竊及殺人的罪人會墜入此層。罪人所受的酷刑主要是，肉體勞動及飢餓難挨的痛苦。
土地肥沃，有農園及牧場。黑繩料理是地獄的特產！
第三層・眾合地獄

犯下偷竊或殺人，又同時沉溺於色欲的罪人會墜入此層。罪人所受的酷刑主要是，墜入愛河卻慘遭背叛的痛苦。

沙漠上零星散布著綠洲都市，俊男美女多，不過嚴禁鹹豬手亂摸。

第四層．叫喚地獄

犯下偷竊或殺人，又同時沉迷酒精因而犯罪的罪人會墜入此層。酷刑主要是溺死。

有巨大的湖泊，是鬼調劑身心的渡假勝地，還有遊樂園喔。

第五層．大叫喚地獄

犯下偷竊或殺人，又欺騙別人的罪人會墜入此層。酷刑主要是吞千根針。

有鬼專屬的巨大賭場，是一攫千金的好機會。萬一輸了，就會陷入還款地獄。

第六層．焦熱地獄

犯下偷竊或殺人，又具備邪惡心念的罪人會墜入此層。酷刑主要是鐵板燒。

是鬼的衛星城市，沒有明顯特徵。

第七層．大焦熱地獄

犯下偷竊或殺人，又虐待女童的罪人會墜入此層。酷刑主要是岩漿攻擊。

有火山，最符合地獄形象之處。想體驗地獄風情的訪客請來此層。

第八層．無間地獄

大罪人會墜入此層。酷刑主要是惡夢。自宇宙初始至終結都不能轉世投胎。

彼岸花豔麗綻放，寂靜又美麗的地方。

畢竟是觀光取向的手冊，只有概略的簡單介紹。

我特別在意最後面無間地獄寫的，自宇宙初始至終結都不能轉世投胎這部分……

「閻羅王大人！緊急情況！」

就在此時，又有另一個眼鏡上出現多層圓圈的小鬼跑來。

不曉得是他個子嬌小卻穿著長下襬華麗和服的緣故，還是那副大眼鏡的度數不合，他狠狠摔了好幾跤，拚了老命才抵達閻羅王跟前。

「怎麼啦？春雨。」

「那個、那個……」

名叫春雨的的眼鏡小鬼，接過圓滾滾小鬼遞上的杯子大口灌水，才深深吸一口氣。

「第一級重罪妖怪，大魔緣茨木童子，出現在第八層無間地獄了！」

使勁全身力氣高聲向閻羅王報告。

原本在一旁安靜工作的書記官紛紛抬起頭，氣氛為之一變。

我也緩緩睜大眼。

大魔緣茨木童子。真紀，在第八層的無間地獄裡——

沒想到這項關鍵資訊，是在這種場合中得知的。

「哦，大魔緣茨木童子……」

閻羅王隻手抵著臉頰，瞇起眼睛。

「那個罪孽深重的妖怪曾墜入地獄，又陰錯陽差投胎到現世去。當時我簡直嚇壞了，不過現在好了，終於能讓那個鬼女也嚐嚐地獄酷刑的苦頭了。」

「可可可、可是，閻羅王大人！」

名叫春雨的小鬼推了推圓圈眼鏡，飛快敘述。

「無間地獄的上級獄卒回報說，大魔緣憑藉壓倒性的強悍力量四處逃竄！上級獄卒表示追丟大魔緣了！」

「什麼？」

閻羅王的頭猛然傾向一側，頭上的巨大王冠都歪掉了。

而我，不知不覺間冷汗涔涔而下，緊握拳頭，力氣大到手心都滲出血來。

雖然不清楚詳情，但聽起來真紀似乎逃過了地獄那些獄卒的追捕。得知她尚未受到殘忍酷刑的折磨，我打從心底鬆一口氣。

不過，既然如此，我更該趕緊去找她才行……

「可是可是，要逃出無間地獄難如登天。只要搜遍每一個角落，不可能找不到她的啦～」

「就是嘛！再怎麼說，能在無間地獄執勤的，都是萬中選一的獄卒菁英，就算對方是大魔緣茨木童子，也不可能輕易認栽！」

那幾隻小鬼你一言我一語地大放厥詞，閻羅王神態平靜地問。

「不過還是讓她逃脫了吧？到底有幾個上級獄卒栽在她手上？」

「到、到目前為止……粗估有二十個獄卒被打倒了。」

「你說什麼～？」

閻羅王先是擺出頭暈目眩的姿勢，接著就砰地一聲往前方矮桌倒下去。那副模樣已沒了方才的威嚴，倒像是先前在街道上閒晃的模樣。

「可能最近沒幾個像樣的罪人墜入地獄，我們鬆懈太久了。居然連手無寸鐵的罪人都搞不定，到底怎麼搞的。太糟糕了。這樣也算是我看好的上級獄卒嗎……？」

他說話的語氣也少了幾分威儀。

「沒辦法，對方可是那個極惡妖怪。」

「而且還是跟我們同種族的鬼～」

小鬼們不遺餘力地袒護同伴，同時安慰流露真性情的閻羅王。

然而，閻羅王霍地站起，高舉雙手怒道。

「什麼叫沒辦法！萬一以後更難搞的傢伙掉下來地獄，那要怎麼辦！正在停戰的常世跟世局和平的隱世就算了，現在已經有預兆顯示，現世那些百分之百會掉進無間地獄的大妖怪正準備挑起事端！那群大罪人可能一口氣全部掉下來耶！果然必須趕緊延攬優秀的鬼才，加以培養才行了……」

閻羅王神色激動地叨念著，他有句話吸引了我的注意。

有預兆顯示現世那些大妖怪正準備挑起事端……

指的就是水屑她們吧？地面上的消息也會傳到地獄裡來嗎？

「那麼，閻羅王大人。」

「現在該怎麼辦才好呢～」

兩位小鬼模樣可愛地歪著頭發言。

「這還用問！當然是快點找到她，讓那個鬼女好好體會一下無止盡酷刑的滋味！」

「可是現在已經是下班時間，上級獄卒都回宿舍了……」

「啊啊，對耶！上次才改革過勞動時間～」

閻羅王大人單手抱頭，在眼前的文件上疾筆振書，砰砰接連蓋上大印章。

原來，地獄也問題很多。

「啊，外道丸，你可以走了，去眾合地獄一定要好好努力。」

「是、是……」

閻羅王擺手趕我離開房間。

看來他已沒有半分餘力可以顧及到我了。

「外道丸，你的獄卒編號是No.135489～負責第三層眾合地獄～這是你的制服和刀～獄卒被允許可以配刀。」

圓滾滾的小鬼秋雨，遞給我號碼牌和獄卒制服。

制服果然很像守衛的服裝。

還有帽子，倒是頗為帥氣。

「啊，我叫作秋雨，是實習書記官～還有什麼問題嗎？」

「那個……要怎麼才能去最下面的無間地獄呢？」

「咦？」

實習書記官秋雨歪著頭，石化了。

那模樣就像一隻可愛的吉祥物，不過維持著原姿勢的他，臉色卻倏然凝重。

咦？這傢伙怎麼回事，好恐怖。

「嗯，那個，就是剛才，你們不是在討論有惡鬼在無間地獄逃亡嗎？我聽了有點好奇。既然都有觀光手冊，想說是不是能去看看——」

我深怕自己說錯話了，連忙找藉口搪塞。

幾秒鐘的沉默後，秋雨又展露溫和討喜的笑容。

「到第七層為止，確實有各種觀光行程，誰都能自由前往，不過能去最下層無間地獄的，只有閻羅王大人和上級獄卒，以及大罪人～」

我順勢追問。

「我就是假設一下，如果擅自跑去無間地獄，會發生什麼事？話說回來，去得了嗎？」

「首先，這是絕對不可能的～要去無間地獄，必須從第七層搭乘特殊的列車，而只有具備上級獄卒資格，才有辦法搭上那輛列車～」

原來如此。我要去無間地獄唯一的方法，就只有晉升上級獄卒一途嗎？

「要怎麼做才能成為上級獄卒呢？」

我詢問的口吻帶著幾分認真。

秋雨可能認為我發問是出於獄卒的上進心，回答得很仔細。

「首先，重點是在被分發的單位做出成績～獲得該層層長的認可，幫你寫上級獄卒的推薦信，然後再接受考試～這場考試非常嚴格～據說要花一百年才能考上～」

「咦？」

「可是可是，現在有窮凶惡極的大罪人在無間地獄作亂，搞不好會加開徵選名額～外道丸，這也是你的好機會喔～」

「……是。」

我墜入絕望深淵。

我滿心想馬上去救真紀，但要成為上級獄卒，必須接受嚴格的考試。而且光是要獲得考試的資格，就必須先通過一些條件，我到底要何年何月才能晉升上級獄卒呢？

真紀可等不了那麼久，留在現世的夥伴亦然。

「那個，我可以再問最後一個問題嗎？」

「要問什麼都行。」

「掉進無間地獄的大罪人，要遭受的酷刑究竟是什麼呢？」

聽見這個問題，秋雨不知何故雙眼綻放出光彩，神態熱切地說明。

「那可是艱辛又嚴苛的酷刑～無間地獄的酷刑和其他層不同，不是折磨肉體那一類～這也是因為，肉體痛楚對於掉進無間地獄的那些罪人沒什麼成效～」

「那、那樣的話，究竟是什麼酷刑……」

秋雨臉上流露出幾分鬼與生俱來的的殘酷神情。

「……是精神上的酷刑喔。在無間地獄，罪人會在夢境中反覆重溫生前的幸福回憶，以及不願想起的那些記憶。」

說這些話時，秋雨的聲音壓得極低，笑容也滲出一抹陰影。

搭配他可愛如吉祥物的外表，更令人毛骨悚然。

「那、那也算是酷刑嗎？」

光聽他敘述，其他層的酷刑似乎要殘忍得多。

「對。幸福與絕望，沉浸在這兩種極端的夢境中，一遍又一遍經歷在世時的創傷，罪人會陷入深深的虛無感，人格與記憶都會逐漸解離。」

「咦……？」

「沒錯，一遍又一遍。」

「……」

「一遍又一遍，反覆囚禁在惡夢中，就在彼岸花綻放之處。」

秋雨那雙稚氣的眼瞳盈滿鬼獨有的靜默及狂躁。

我用力嚥下一口口水，暗自握緊顫抖的拳頭。

對真紀來說幸福絕頂的夢境，還有絕望的記憶……

「先這樣吧，外道丸，獄卒工作請多加油呢～」

小鬼行禮如儀地鞠躬，邁開小巧步伐走回閻羅王的辦公室。

而我，抱著獄卒新人的初期裝備，杵在原地。

我到底在這種地方做什麼啊？

原本我就不認為能立刻救出真紀。

可是，我也不是來當獄卒的。

在我耗在這裡時，真紀可是在地獄最底層承受痛苦記憶的折磨。

而我卻不能立刻趕去她身邊……

我對於在這個世界中一籌莫展的渺小自己，內心兀自焦灼。

那一天，我在宮殿旁獄卒新人專用的宿舍過夜。

那裡萬鬼鑽動，有出身當地的年輕鬼，也有特地從異界來找工作、外型勇猛的鬼。

一部分鬼的分發單位已定，有些則尚未確定，大家情況皆不同。

不出所料，那些從異界來的鬼，基本上都是在故鄉沒有容身之處，找不到工作，才千里迢迢跑來。我問他們怎麼知道地獄的，

「就是那個啊。有地獄派遣的獄卒吧？叫什麼來著？派遣特務獄卒？他們會告訴異界的鬼該如何往返地獄，簡單來說就是獄卒的星探，你也是他們找來的吧？」

「呃……」

什麼東西，沒聽過那種傢伙的存在。

不過我聽了真是大吃一驚，居然還有職位是專程去發掘鬼來地獄當獄卒。地獄真的那麼缺人手……不，缺鬼手嗎？

對獄卒這份工作滿懷希望前來的那些鬼，直誇酒好喝，頻頻勸我酒，但我在現世還只是高中生，努力保持理智拒絕了。

陷入這種莫名其妙的窘境時，就特別渴望酒精的慰藉。

酒吞童子這個名字，就來自於酷愛飲酒的性情，不過我在地獄裡也堅守著現世的法律。

「一個鬼不能喝酒，太丟人了吧！」

「小哥，你這樣沒辦法出鬼頭地喔，嘎哈哈。」

被一群渾身酒臭的大叔纏上，加上酒氣令人有幾分醉意，我往宿舍外面走去。吹吹風，看能否轉換一下心情。

只可惜，地獄的風夾雜著硫磺味，反倒更讓人頭暈。

「喂，酒吞童子。」

「叶……？」

宿舍後方的柳樹下，佇立著叶的身影，嚇我一跳。

這傢伙老是無預警出現。而且，仍舊是那身公卿裝扮。

「你跑到哪裡去了！把我一個人丟在那種地方。」

我急切奔過去，激動得簡直像他是我久別重逢的父母還是兄弟似的。

他一臉嫌棄，嘴角勾起壞心的笑。

「難道名滿天下的酒吞童子也會怕孤單寂寞冷嗎？我只是先去幫你打點好一些事。」

「一些事……？什麼事啊？」

「就各種事。」

他果然不肯透露詳情。

算了，這傢伙又不是今天才開始裝神祕。

「況且你也不會因為在異界孤立無援就輕易翹辮子，你看，不是馬上就找到一份穩定工作了嗎？」

「我在地獄找到一份穩定工作要做什麼！」

我平時的確是個勤奮的打工族，很清楚該如何應付這種場合沒錯！全身上下滿滿菜鳥味沒錯！

「可是大事不妙，叶。真紀在最下層，叫作無間地獄的地方。聽說只有上級獄卒才能去無間地獄。」

「嗯，沒錯。你必須先在這裡取得晉升上級獄卒的資格，才能去無間地獄救茨姬。」

叶似乎已掌握所有消息。

「但是……我聽說晉升上級獄卒要花一百年！而且我可是人類耶！」

「那不成問題。在地獄，你就是鬼，而且地獄裡時間流逝的速度和現世差很多，這裡過一個月，那邊才過了一個小時。」

「咦？這樣嗎？」

「沒錯，所以你放心，好好為晉升上級獄卒努力。你的話，多半很快就能升級……我話說在前頭，我不是鬼，也當上上級獄卒了。」

「……」

話說回來，這傢伙明明是人類，卻泰然自若地待在地獄裡。

可是大家都說只有鬼能在地獄中存活，我立刻發現事有蹊蹺。

「還有一件事。很重要的事，我先提醒你。」

「很重要的事？什麼事？叶。」

「對你和茨木真紀來說，真正棘手的是把她救出無間地獄之後。」

「……救出她之後？你的意思是，就算我找到真紀，也沒辦法把她帶回現世嗎？」

叶的神情驀地認真，聲音轉為低沉。

「她是已作為『大魔緣茨木童子』遭到閻羅王宣判墜入無間地獄的大罪人。閻羅王外表看起來可能有點隨便，但他十分重視地獄的法律，一向嚴格遵守。要推翻判決並非易事。」

「但那是上輩子的罪吧？她現在已經是人類了！」

我一把揪住叶，情緒激動地抗議。

「而且她會變成大魔緣茨木童子，都是我害的！為什麼她要一個人背負所有罪孽……乾脆連我一起制裁吧！」

「……」

拜託這傢伙也沒用，我很清楚。

可是我無法克制地向前世的仇敵，這個男人，吐露一直堵在胸口的糾結和焦急。

「沒錯。能拯救她的人，一定就只有你了。」

原以為叶不會回答我，沒想到他居然語氣真摯地這麼說。
我緩緩抬起頭。
「要推翻一切判決，就必須主張茨木真紀現在是個安分守己的『人類』，還有，能夠以人類身分做出何種貢獻……？」
以人類身分做出何種貢獻……？
「在那之前，你現在只能先在地獄做出成績，晉升上級獄卒，一點一滴累積閻羅王對你的信任，才有機會對茨木真紀的判決提出異議。看起來可能像在繞遠路，但其實要一勞永逸地拯救茨木真紀的未來，這才是最快的捷徑。」
「你說……一勞永逸地拯救真紀的未來？」
叶重重點頭，就像在強調這才是最重要的事似的。
「如果不能在這裡推翻判決，就沒辦法讓茨木真紀的魂魄回到她原本的身體裡。如果你希望完整地救回茨木真紀，就好好做自己現在該做的事。」
眼前這男人用試探般的目光望著我。滿心焦慮的我。
不過他的話聽在耳裡，有一處令我心生疑問。
「……等一下，叶，我有件事想問。」
「什麼事？」
「大魔緣茨木童子以前曾經墜入地獄一次吧？那她為什麼能夠投胎到現世，成為茨木真紀呢？如果必須推翻地獄的判決，當時為什麼可以？」

「……」

叶沒有回答，僅是稍稍別開目光。

他這反應令我確定。

「上次是你在地獄動手腳了吧？以前由理曾告訴我，你擅長『泰山府君祭』……讓死者起死回生的祕術。」

「哼，泰山府君祭呀。」

叶聽見那個術法的名稱，不知怎地冷笑一聲。

「用那一招，她不會回到原本的身體。」

「……啊？」

「如果不一定要茨木真紀，只要投胎成人類就行，我就幫你執行泰山府君祭。這樣一來，茨姬的魂魄就會再次投胎到現世變成其他人，而不是茨木真紀了。你就得去找到那個小嬰兒，一直等她長大。」

我雙眼緩緩睜大。

仔細思考叶的話中含意，不寒而慄。

原來如此，是這麼一回事啊？

泰山府君祭，只能讓死者投胎。

就算那還是茨姬的魂魄，也不再是真紀了。此刻命懸一線的真紀就會香消玉殞。

「泰山府君祭是一種能稍微干擾閻羅王宮殿轉世系統的術法。泰山府君，正是閻羅王的別名……這可以當成最後手段。你現在放棄茨木真紀還太早。」

「難道，叶，你是為了真紀……」

「我不是為了她。不過，少了她，有些事就沒辦法實現，所以只好讓她以暴力、厚顏無恥還盛氣凌人的高中女生身分，以茨木真紀的身分甦醒過來。」

「……」

怎麼會這樣。

自己上輩子的妻子，這輩子的戀人，被人數落成這樣，卻深具說服力以至於我完全無法反駁。

「……我明白了，我會在這裡想辦法晉升上級獄卒。我會拚命工作，盡我所能地做出成績。只要能救回她，我什麼都願意做。」

心裡不免還是會擔憂，但我決定相信叶的話。

盡力做好眼前能做的事，持續朝真紀靠近。我也沒有其他辦法了。

「喂，叶，最後一個問題。」

「什麼事？你這人問題真多。」

「哼。反正就算我問，你肯定也不會認真回答。」

然而，我略微順了順呼吸，將此刻內心最大的疑問說出口。

「你到底是何方神聖？為什麼這裡的鬼都叫你小野篁？為什麼有辦法干擾地獄的轉世系統……你、你以前確實是安倍晴明沒錯啊。」

叶沉默好半晌，才迅速揚起目光。

接著，他抬頭仰望地獄的夜空，金髮在溫熱晚風中飄動。

叶的神情罕見地流露出情緒。

「等你當上上級獄卒，我就告訴你。連同我和水屑之間的因緣。」

「咦……？」

「反正，現在的你是不會懂的。」

「你這人！」

我原以為他什麼都不會回答，沒想到這混帳就是想找機會吐嘈我。

氣得我咬牙切齒，叶就拋下我，腳步輕盈地離開了。

《裏章》這段期間，茜在京都的遭遇

天酒馨和叶跳進通往冥界之井，墜入地獄後。

我，津場木茜，遭到京都陰陽局那群人包圍，動彈不得。

「津場木茜，趕快放棄沒意義的抵抗，乖乖跟我們——哇啊！」

從剛才就一直手持擴音器大呼小叫的京都陰陽局男性成員，手上的擴音器被人搶走了。

「差不多一點，鬧劇到此為止！」

誰啊？身上穿著類似京都陰陽局退魔師的狩衣，卻與其他人不同是一襲紅衣，身形高挑，俐落乾脆的女性聲音。

「津場木茜，你也一樣。」

「……真是的，快點，刀也收起來。反正已經沒必要阻止你們了。他們兩個已經平安抵達地獄了。」

我將刀收進刀鞘，雙手高舉過肩。

臉上浮現出「正合我意」的笑容。

但那位女退魔師在近距離用擴音器大聲宣告。

「嗯，對嘛。不過，這樣就行了！」

「啊？拜託，妳太大聲了。」

這些人……明明是來阻止我們的，聽見他們兩個成功到達地獄，臉上卻沒有半分焦急之色。

「快離開這裡。源家的人就要到了。他們決不會輕易放過酒吞童子、茨木童子，還有協助那兩人的你吧。」

「妳……」

一開始還搞不清楚狀況，此刻我也漸漸冷靜下來。

看來我又被牽扯進京都陰陽局內部的複雜局面了。

「原來如此，妳是土御門家的人。」

「呵呵，正確答案。」

「而且我見過妳。妳是，對……土御門佳蓮。」

手持擴音器的狩衣女子摘下臉上的紙面具，看來我應該是猜中了。

她五官分明，是位模特兒等級的美人。

「好久不見啦，津場木茜。你竟然記得我，真榮幸。我們上次碰面都是幼稚園時的事了。你長好高了，還是那顆招搖的橘子頭！」

眼前的女子揚起眉尾，親切開懷地笑了。

我淌下冷汗，增強戒心。

「我原以為這件事是需要和源家交涉……沒想到土御門家的下一任當家親自出馬了，倒是令人驚訝。」

「呵呵，津場木，我建議你別和源家談比較好喔。他們不可能接受酒吞童子和茨木童子的。源家的英雄的轉世……那個人，不是一半是酒吞童子嗎？」

「……」

「不過，這到底是什麼樣的因緣，居然會有一位少年同時擁有英雄和大妖怪兩方的魂魄。源家八成會認定這是恥辱。即使是偉大祖先的轉世，他們也不會認可那位少年喔。」

這傢伙……連來栖未來的資訊都知道了。

「哈。就像你們土御門家不認同叶是安倍晴明的轉世那樣嗎？」

「你這舉例很好懂，就當作是這麼一回事吧。不過我和叶冬夜的私交還不錯。就算身屬同一族，迂腐保守的老人和肩負新世代未來的年輕人，想法還是不太一樣。」

土御門佳蓮將擴音器交給其他退魔師，雙手揹在後腰這麼說。

她的年紀應該與我差不多，年紀輕輕就散發出如此強勢的魄力，不愧是土御門家下一任當家。

「原來如此，土御門佳蓮，我知道妳的目的了。妳搶先接觸我的理由，原來就是這個嗎？」

「當然。說起來，把你們的消息透露給我的，還是你的上司青桐巧。巧叔叔雖然已經離開土御門家，但關係可沒疏遠。」
巧叔叔……？
我串起來了。
「所以，妳是青桐的姪女？」
「沒錯。順便告訴你，巧叔叔還是我幼稚園時初戀的對象！」
「呃，我可沒問這種事……」
不過那傢伙有夠受歡迎，魯也很迷他。
「那麼，津場木茜，我再問一次。有什麼我能效勞的地方嗎？」
我猛然抬起頭，望著土御門佳蓮。
這女的似乎有意和我談判。我向前踏出一步。
「土御門佳蓮，我有件事想拜託妳。是那個，源賴光的轉世……來栖未來的事。」
「哎呀，居然不是酒吞童子和茨木童子轉世的那對情侶的事嗎？巧叔叔告訴我，你和他們兩個挺要好的。」
「啊？要好？」
青桐，你胡說些什麼。
什麼要好，又不是小朋友！
不對，現在不是吐嘈這種事的時候。

「那兩人和來栖未來相互牽連，關係錯綜複雜根本分不開……可是，現在我能做到的，只有幫來栖未來考慮今後的生活。」

土御門佳蓮看著我，似乎想到了什麼，

「呵呵，原來如此。」

拋出簡短的話語。夜色中，一頭齊肩髮絲迎風飄揚。

她的目光倏地轉變，其他退魔師紛紛隨之抬起頭。

我也察覺到那股不對勁的氣息。

「看來源家的人差不多到了，在情況變麻煩前先撤退。津場木，這種地方也不好談話，到我家來，在那裡可以慢慢聊。」

「……」

「怎麼，用不著那麼提防我。你是關東的名門世家津場木家的男性繼承人，我可不會吃掉你。」

土御門佳蓮愉快笑道。

我剛才的表情想必很緊繃吧？

不過，我確實很緊繃。

內心忍不住擔憂，這樣做好嗎？

津場木家和土御門的交情，老實說很淡薄。一部分原因也出在，津場木是源家分支的緣故。

談判能順利進行嗎……？
不過我很清楚，杵在原地發呆也沒用。
既然馨都下地獄去了，或許我也該踏出舒適圈，進一步探索未來的可能性比較好。
現在就是必須突破自我的局面。

我被帶到平安神宮附近的土御門家宅邸，在一間房裡，和土御門佳蓮隔著一張矮桌相對而坐。
拉門敞開，夜色中的廣闊庭院可盡收眼底。
我一直以為津場木家的宅邸夠大了，不過……
有能力在京都熱門地段蓋這麼大間宅邸的家族……土御門家實在是不同凡響。
「所以，津場木，你究竟希望為那位少年，來栖未來，做些什麼呢？」
坐在眼前的土御門佳蓮身穿樸素和服，親自動手泡茶。
她穿上女性和服後，忽然就流露出女人味。不過，這也是理所當然。
「我……我希望來栖未來明年能進入京都的陰陽學院就讀。他有實力，也有天分，只是誤用了自己的才華，又遭到壞蛋籠絡利用。他應該成為一位退魔師，學習如何和妖怪、和自己擁有的靈力相處。還有，該如何和自己身上的詛咒和平共處。」

「詛咒呀。」

土御門佳蓮朝我遞來茶杯。

「這是同樣繼承了家族詛咒的你，對他的同情嗎？」

勾起嘴角弧度，稍稍挖苦我。京都女人最愛這一套。

不過我自己也一直認為，事情或許正是如此。

「大概只有我，能夠理解妖怪的詛咒替他帶來多大的痛苦。不，他身上背負的詛咒比我要嚴重得多。前世遺留的業障，妖怪的憎惡及憤恨，由我們的眾多祖先造成的罪孽，全讓源賴光這一位退魔師承受。要是放任不管，他肯定會喪失希望及生命力，陷入無盡的痛苦折磨……永遠無法明白自己為何誕生於這個世界。」

如果他只是源賴光的轉世，事情會簡單得多。

但他同時又擁有了酒吞童子一半的魂魄。

他那張臉，實在長得和馨一模一樣。

如果是因此才愛上茨木真紀……

如果是在深愛她的情況下刺傷她，他此刻理應正陷在絕望的深淵之中。

未免太煎熬了。

這種事，不應該發生。

「背負詛咒及業障的人生嗎？」

土御門佳蓮低垂雙眸，啜飲一口熱茶。

我探身向前，開口道。

「佳蓮小姐，妳是日後要統領京都陰陽局的人物，連我都看得出來栖未來的才能和靈力值有多出類拔萃，如果他將來能成為一位出色的退魔師，妳不認為在這個嚴重缺乏人才的時代，會是不可或缺的戰力嗎？」

土御門佳蓮沉默了片刻。

腦中正在盤算各方面因素吧……

「呵呵，挺好的，我原本就有這個打算。只是，土御門家和源家有一點嫌隙。就老實說好了，關係超差的。要是那位少年投靠土御門家，源家肯定會不高興。津場木家隸屬源家分支，這樣不會出問題嗎？」

土御門佳蓮手裡還端著茶杯，側頭詢問。

我也交叉雙臂，皺眉嘟囔。

「哎呀……這個，爺爺肯定會念我一頓，搞不好還會揍我。不過，妳剛才不是也說了，老人家和年輕人的想法不同。」

沒啦，我沒有要說爺爺是個上了年紀的迂腐老頑固。只要好好溝通，爺爺應該會理解的。

只不過，我在工作現場觀察到，站第一線面對問題的年輕退魔師所提出的意見經常遭到忽視。我對於陰陽局的這種舊習抱持著疑問。

眼前的土御門佳蓮多半也有同感吧。

所以才會特意搶先來和我接觸。

為了避免來栖未來這塊絕佳璞玉，就這樣自甘墮落。

「呵呵，看來我們有志一同，津場木茜。來栖未來的事，土御門家會全權負責……順便問一下，酒吞童子和茨木童子的轉世有打算成為退魔師嗎？只要明年和你一起來京都就行了。他們現在就是人類不是嗎？不管上面怎麼囉嗦，我都能設法解決喔。」

「啊……這個呀，嗯——不確定耶。他們兩個熱愛淺草，八成不會想離開那裡過來京都吧？其實，我也曾經問過他們。」

我雙臂在胸前交叉，又嘟噥了起來。

當然呀，只要有他們那種等級的靈力值，將來一定是位了不得的退魔師。

可是，他們完全無意成為打擊妖怪的人士。

不，就算稱為退魔師，現代退魔師的工作範疇可廣了，也有專門負責保護妖怪的職務和工作。

「哦~可惜。我聽說他們的靈力值很驚人，還高興有好人才了！」

「沒想到妳滿腦子都在想招攬人才……」

「當然。為了陰陽局的未來，多一個優秀人才也好。只要一位出色的退魔師就足以左右戰局，是這個業界的常識。但現在太過缺乏人才，愈有能者就愈多勞，瀕臨過勞死的邊緣。優秀人才不代表就很耐操啊。為了讓他們可以定期休假，人才肯定是多多益善。」

「嗯，沒錯，妳說的很對。」

我在新幹線上也和馨聊過，陰陽局現在正因退魔師人才不足而傷透腦筋。

根本癥結在於愈來愈難生出靈力值高的小孩，就連看得見妖怪的人都逐漸減少。在這種情況下，有辦法習得退魔技術的人自然變得寥寥可數。

才會導致有能力的退魔師工作量暴增，經常得面對危險的任務。

陰陽局根本就是一間超級壓榨員工的黑心企業。

「津場木，你看起來也相當疲憊。聽說最近接連出事。是叫天酒馨嗎？他從地獄回來前，歡迎你待在我們家休息。這間房隨你用。」

「啊，等一下，佳蓮小姐。」

土御門佳蓮說完正要起身，我叫住她。

我有更要緊的事。

「還有一件事想拜託妳。」

土御門佳蓮觀察我的神情，又坐了回來。

我正襟危坐地道出請求。

「我想要借京都陰陽局保管的寶刀『童子切』。」

「什麼……？借童子切？」

土御門佳蓮的臉色明顯一變，原先親切的氣氛霍地繃緊。
那可是雖然由陰陽局保管，但無論多優秀的退魔師都無法駕馭的斬妖寶刀。
「你借童子切要做什麼？那是沒人能駕馭的危險武器。而且，你已經有髭切了吧？髭切會忌妒喔。」
「不，不是我要用。」
「難道……」
「對。能駕馭那把刀的，肯定只有來栖未來一個人。」
不知怎地，我對這一點深信不疑。
「等天酒馨回來，東京一定會展開一場激烈大戰——妖怪和人類的戰爭，說不定現在就已經開打了。為了替他們之間剪不斷理還亂的因緣做一個了斷，童子切這把寶刀是必須的。」
天酒馨、茨木真紀，還有來栖未來……
他們之所以會在前世種下因果，一切都始於童子切這把刀砍下了酒吞童子那個鬼的首級。
而利用這段複雜因果來圖謀壞事的，就是水屑那隻狐妖。
既然如此，必須終結這一切。
必須在此斬斷一切牽連。
所有人都是為了這個理由在奮戰。
所以我希望來栖未來，也能為他自己挺身而戰。

《裏章》這段期間，由理在東京的遭遇

馨和叶，還有茜，為了救回真紀的魂魄離開淺草的隔天早晨。

我，夜鳥由理彥，佇立在東京陰陽局辦公大樓的屋頂。

「京都那邊有發生一點狀況，但晴明和天酒馨已經平安下地獄了。」

正好此刻，叶老師的式神玄武先生傳來消息。

「用平安來形容下地獄，實在是挺怪的。」

我隨著嘆息輕道出感想。

真紀依舊是沉眠中的睡美人。

印象中《格林童話》裡的睡美人，名字就叫作茨姬（註1）。

現在的情況正如那個故事的情節一樣。如果按照故事發展，公主最後會因王子的吻而甦醒，

但我們的王子則必須跑到地獄去救回公主的魂魄。

我們能做的，只有耐心等候他們歸來。

「對了，玄武先生。我之前不知情，原來叶老師不光是安倍晴明，也是小野篁嗎？」

「啊？搞什麼，原來你不知道？」

「誰會知道。小野篁這人物的時代比藤原公任還要早喔。」

只是，叶老師提到通往冥界之井時，我忽然靈光一閃。

——對了，聽說平安時代曾有位知名公卿，經由通往冥界之井往返地獄。

因為千年前我們所屬的那個時代，他就只是「安倍晴明」……那個人有好幾張不同的面貌。

「啊啊～太複雜了，我頭好痛。叶老師，實在和尋常人差太遠了。」

我雙手抱頭。

「……也是啦，我們四神成為他的式神，是在他身為『安倍晴明』的時代，那之前的事我也不清楚。」

玄武先生難得流露坦率溫和的一面。

但又立刻回復平時過分激動的模樣，

「哈。反正事情也不會因此有任何改變！我們式神，只要遵從他的命令就好。四神今後也會執行晴明交代的任務。」

他霍地用手指指向我，下命令。

註1：《格林童話》中的《睡美人》，日本將其中沉睡的公主翻為「茨姬（いばらひめ）」。「茨」是荊棘的意思，「姬」則是公主。

「鵺，你守在這裡，隨時臨機應變。現在不曉得水屑會採取何種行動，整個東京都瀰漫著一股臭味。不要偷懶喔！」

「……我是有偷懶過嗎？」

玄武先生的講法就像我經常偷懶似的，我偏頭反問。

「哈，隨便啦。你老是不拿出全力，看起來就像在偷懶。」

太過分了。玄武先生就愛對我職場霸凌。

「好，任務開始了！我們要大幹一場！」

他才高聲喊完，就豪爽從辦公大樓屋頂縱身一躍。是啦，別看他那副德性，好歹也具有神格，應該不至於這樣就送命。

「鵺大人，現在方便講話嗎？」

「水連。」

水連來到屋頂。

想必是來問前往京都那些人的情況。

「你放心，水連。聽說馨已經平安抵達地獄了。」

「這樣呀……嗯，就算要讓馨下地獄，他也非得把真紀帶回來才行。不如說，這是那男人唯一能夠贖罪的方式。」

水連話中帶刺。

真紀出事後，水連看起來比任何人都要冷靜。我抬頭側眼望向他。

「水連，你真的是一心向著真紀的眷屬呢。」

「當然。對我而言，馨不過就是真紀的附屬品而已。有真紀在，才有必要理會馨。對鵺大人來說，馨和真紀都同樣重要吧？如果是你……或許有辦法篤定地說馨沒有任何錯，但我終究沒辦法那麼想。」

水連清楚表明自己的想法。

決絕而純粹。正因如此，馨才會信賴水連，把真紀交給他，自己前往京都。

只是，就如水連所說，對我而言，兩人是同樣重要的摯友。

「……是呢。馨和真紀對我來說是一樣重要的。只是，如果不是兩個人都在，就沒有意義了，這種感覺我很明白。」

要是只剩下某一方，乾脆兩人都……

甚至會令人不禁萌生這種想法。那兩人必須在一起，那是命中注定的緣分。

而一旦失去某一方時，剩下的那個人將有多脆弱不堪，我們都已經很清楚了。

特別是水連，他是在茨姬變成的惡妖大魔緣茨木童子臨終時，陪在她身旁的眷屬。

他的體會想必比我還深吧？

「言歸正傳……你不覺得情況怪怪的嗎？」

從大樓屋頂，水連抬頭仰望天空。

「水連，你也注意到了？從剛才開始，我也一直覺得東京的空氣有些混濁。」

沒錯。玄武剛才也說過，有一股臭味。

從人類眼中看起來，或許就是平凡至極的多雲天空。

但我們捕捉得到隱藏在層層雲朵中的妖氣流竄。

「原本這塊土地的空氣就稱不上清新，這時倒成了最佳掩護，不過……果然還是能感覺到有不祥的妖氣存在。」

而且，那些妖氣似乎正往淺草的方向湧動。

未來情勢難以預料，不過……

「欸，鵺大人，我有種很不好的預感。站在敵方的立場，他們現在已經成功讓真紀和馨都暫時離開東京了吧？如果我是敵方，還是水屑那種等級的惡劣妖怪，絕對不會放過這個好機會。」

水連瞇起眼，凝望著混濁的空氣。

「……是呀。水屑應該會行動吧。」

「不只水屑。平時因為真紀和馨……茨木童子和酒吞童子在這裡，那些大妖怪很難在東京胡作非為。他們兩個對心懷惡念的妖怪而言，是一種約束力。水屑的盤算或許正是煽動那些妖怪在此時作亂，趁機達成自己的目的。」

的確有這層隱憂存在。

況且，要是水屑現在在東京興風作浪，我們要阻止她恐非易事，畢竟傳聞敵方有S級妖怪和

ＳＳ級妖怪助陣。

「水屑……她的目的到底是什麼呢？我最近曾當面問過她，當時她說，在讓那個國度復活之前，我可沒打算要死。」

真紀和馨因為法事遠赴大分時，水屑忽然現身河童樂園。

那時，我質問她的目的。

「國度嗎……？」

水連手撫著下巴，思索片刻。

「不是聽說水屑是常世的九尾狐嗎？實際上，以前她也用來自常世的毒酒殲滅了大江山的妖怪之國。」

「嗯……」

常世——曾聽聞那裡和現世及隱世不同，是人類與妖怪長年對峙的異界。

在名為常世的世界中，站在妖怪頂端的就是九尾狐一族。

不過與人類之間的戰爭，目前妖怪處於極度劣勢……

說不定水屑採取的一連串行動，背後其實和常世的霸權爭奪有關。

「不過，她把異界的問題帶進現世，這我可不樂意。現世是由人類掌握霸權的世界，再怎麼掙扎都無法推翻這項既定事實，這套秩序也不容顛覆。」

我站在大樓樓頂，俯瞰這座大城市。

在摩天大樓環繞中，在柏油地面上，人類悠哉地走動，川流不息。沒錯，這就是現世。這裡是人類的世界。日本。

「以前有些妖怪即使擁有足以推翻人類社會、建立妖怪世界的力量，也選擇了不這麼做。那就是名為酒吞童子的鬼，他擁有創建新國度的力量。可是，酒吞童子所求的，只是一個妖怪們能安居樂業的棲身處，他並不希望和人類起衝突。」

「沒錯，正是如此，鵺大人。」

水連豎起食指說道。

「所以水屑才會出賣大江山不是嗎？因為酒吞童子沒有打算奪取人類世界的霸權。」

我緩緩睜大眼。

因為水連的推測，的確能夠充分解釋水屑的行動和目的。

「原來如此。說不定水屑真的是想在現世打造妖怪的國度。而對她來說，現在就是最佳時機，畢竟擁有酒吞童子魂魄的那兩人都轉世到這個時代了。只要得到其中一方……」

不對，等一下。這樣一來，她為什麼要捨棄來栖未來？把他逼到瀕臨崩潰，讓他殺害真紀，現在又對他不聞不問，看起來就是放棄他這顆棋子了。

還是說，真正繼承酒吞童子力量的是馨，水屑的目標其實是馨呢？

但水屑沒辦法控制馨。

要是傀儡之術對酒吞童子有效，大江山時代她早就會這麼做了吧……

「難道……是酒吞童子的首級？」

「？」

水連猛然抬起頭。

水屑原本就企圖利用那個首級讓酒吞童子復活。

所以真紀在京都時，才會為了奪回首級和她打起來。

「我只是憑空推測，不過或許只要有酒吞童子的首級，水屑就能達成她的目的。」

「可是，鵺大人。酒吞童子的首級，現在也是由京都陰陽局保管吧？就算是水屑，要從京都那些退魔師手中硬搶首級，也得花上一番工夫吧？」

「但願如此。」

聽起來超乎常理，可對方正是幹下許多悖離常理壞事的女狐。

我們如果不從超乎常理的角度超前部屬，就看不透那隻女狐的奸計。

「喂、喂，水連！啊，鵺大人。」

真紀的眷屬之一，八咫烏的深影，驚慌失措地跑到屋頂上。

「影兒，怎麼了？」

「不、不好了！聽說京都的陰陽局遭到疑似水屑同黨的妖怪奇襲，而且……酒吞童子的首級被搶走了！」

「什麼？」

真的，發生了。

就在我們才剛接近真相的此刻。

敵人又搶先我們，率先出手了。

「哇～以後我都要稱呼鵺大人為預言家。」

面對這突如其來的消息，就連水連也難掩驚訝。

「別這樣，我只是努力想猜透水屑的布局罷了。可惜，我們還是遲了幾步。」

即便拚命想預測敵方動向，他們依然不費吹灰之力地騙過我們。

「現在該怎麼辦？鵺大人。」

「我想先過去淺草，有種不好的預感。」

我直接在屋頂變身為鵺的姿態。

玄武先生也囑咐我要臨機應變了，我想先去最擔心的地方瞧瞧。

「而且馨也說淺草就拜託我了，還有叶老師也是。」

我必須努力，讓真紀和馨回來時，兩人熱愛的淺草依然完好無缺。

何況，我也擔心居住在淺草的人們與妖怪。

我以前的家人，也都在淺草。

儘管有鬼獸姊弟和淺草地下街的大和他們守著，但地底下妖怪來來去去的狹間結界密布，水屑很可能以那裡為根據地挑起事端。說不定，他們已經布署好了。

「水連，在真紀的魂魄回來前，請你絕對不要離開她身邊。請你告訴陰陽局的青桐，加強護衛來栖未來的人手。接下來不曉得要發生什麼事。」

水連回「我明白了」，將身上羽織的衣袖合攏在胸前，朝我一鞠躬。

然後就帶著深影快步離去。

水連……

現在不同於千年前，我已沒有任何官位，其實他不需要那麼恭謹，但對力量強大的妖怪而言，千年的歲月說長不長，說短不短。

畢竟一切還是現在進行式，千年前種下的因緣糾纏至今，即將迸發出一場大騷動。

「鵺，我也去淺草。」

就在那時。一角的吸血鬼凜音不知何時已來到屋頂。

「凜音？」

「我稍微勘查過了，淺草地底下設置給妖怪用的狹間結界，情況不太對勁。」

凜音從昨晚就一直不見人影，我本就猜想他大概獨自採取行動了，原來是搶在所有人前頭先去確認淺草的情況呀。

「不過，這樣好嗎？不陪在真紀身邊。你已經成為真紀的眷屬了吧？」

「現在的我，沒有資格自稱她的眷屬。當時我明明就在她旁邊，卻保護不了她。」

凜音的聲音低沉、毫無起伏，可說是無精打采。

這次出事，是上次吸血鬼騷動的後續發展，凜音想必十分自責。

他原本就一直用扮演壞人的方式守護真紀，將當下潛伏的威脅告訴真紀和馨。

雖然偶爾他的行動太過激進，但正因為打從心底為真紀著想，他……

「我曾對茨姬發過誓。這輩子，我會守望著她幸福生活的模樣，見證她走完幸福的臨終。可是，那不該是現在。此刻我能做的，就是守護茨姬最珍愛的家園。」

他的神情忽地認真起來。

就像在提醒自己別陷溺於沮喪之中，儘管辛苦也要努力振作起來。

我遙想起眼前這個凜音年幼時的模樣，微微笑了。

「凜音，你長大了呢。」

「啊？」

「我第一次看到你時，你還是個小不點……」

「你這人，現在都什麼時候了，還提八百年前的往事。不要把我當小朋友！」

哎呀。

我原意是想稱讚他，凜音看來卻不領情。

他的煩躁氣惱顯而易見。原本他就不太喜歡我，我還是適可而止好了……

「欸，鵺。」

不知何時，我和凜音旁邊，站著懷中抱著小麻糬的木羅羅。她抓緊我的衣服下襬。

一頭長髮紮成雙馬尾，飄逸輕盈的少女外貌，卻是昔日肩負大江山狹間之國結界柱重任的藤樹大精靈。

我稍感訝異，她開口問道。

「有什麼我能做的嗎？」

「木羅羅？」

「我到現在都還沒能幫上忙。」

木羅羅喪氣地垂下目光。

小麻糬擔心地抬頭望著沮喪的木羅羅，「噗咿喔」地叫了一聲。

……這樣呀。

她是總是背負「留守」職責的妖怪。

儘管現在與千年前不同，她可以靠那雙腿自由移動了，卻尚未習慣主動採取行動，主動達成目標。

想必一部分也是害怕外面的世界，更何況現在局面嚴峻，她不曉得該怎麼下判斷吧。千年前的那場戰役，她也是一開始就被水屑燒燬，沒能參戰，說不定她的內心一直十分懊惱。

這時，我靈機一動，想到該如何讓木羅羅發揮。

「木羅羅，妳的本體在上野的裡明城學園，對吧？我記得妳作為結界柱，深深紮根至地底下。如果是妳，應該有辦法從那裡檢查淺草狹間的情況才對，我們需要妳的力量。」

「我的力量……？」

「對。妳可能並不想離開真紀身邊，但可以請妳和我們一起過去嗎？」

木羅羅再次抬頭望向我，藤色雙眸綻放出光彩。

「當然，鵺。我這次一定要幫上夥伴的忙！」

那張神情流露出強烈的決心和熱血。

木羅羅抱在手中的小麻糬輪流看向我們，舉起小翅膀活力充沛地大叫「噗咿喔噗咿喔！」

簡直像在幫木羅羅和我們加油打氣，推我們一把似的。

「嘖，妳可別扯後腿，愛裝年輕的老太婆。」

「凜音！你不說話沒人當你是啞巴！囂張的臭小鬼！」

面對凜音壞心的嘲諷，木羅羅眼尾上抬，氣呼呼地反擊。

到方才為止，凜音和木羅羅都沮喪得要命，不過，看來他們已慢慢找回「自己」了。

沒錯。我們現在沒空悲觀。

「那麼，出發去淺草吧。」

我們必須相信，馨一定會帶真紀回來，全心去做此刻能做的事。

不再重蹈千年前的覆轍。

所有人都深信他們兩人必將走向幸福的結局。

為此，才捱過了無比漫長的歲月——我們這些「妖怪」。

第四章 獄卒生活

我的名字是天酒馨。

前世的名字是，現世最強的鬼，酒吞童子。

至於目前在地獄——

「唷～你就是新來的那個獄卒啊？名字叫外道丸？嗯，鬼常見的名字，很好。我是第三層層長穆卡卡，你好。」

「請多指教！」

管理地獄的第三層眾合地獄的層長，是一位隻手拎著菸斗的女性鬼。從外表看來，年紀和我媽媽差不多，是位美女。

妝濃而立體分明，鬼角是罕見的翡翠色。

最大的特色是氣勢驚人，肩上披著守衛服更顯得威風凜凜。

用一句話總結，就是看起來很可怕，了不得，又強悍。

「我聽說現世鬼都天真又弱小，你長得的確一副文弱書生樣。這也沒關係。在眾合地獄，俊美的外貌比身強體壯還重要。這一點，你倒是挺有前途的。」

名叫穆卡卡的女性鬼，單手托起我的下巴，像在評鑑商品似地仔細端詳我的臉。

咦……？難道在沒聽過酒吞童子的人眼中，我就是天真又弱小，長得一副文弱書生樣？

我內心深受打擊，又趕緊將這些心情全部硬生生壓下。

「是！我會拚命努力的！穆卡卡大人！」

我精神抖擻地回答，再搭配剛才小鬼指點的敬禮動作，完美展現出初來乍到的新人樣貌。

要記得，我是來救真紀的。

要晉升上級獄卒，就必須討這位穆卡卡大人的歡心，她才有可能推薦我去參加考試。

自尊我不要了，要我做什麼都可以……

眾合地獄是一片遼闊沙漠。

沙漠裡零星散布的綠洲，建有獄卒總部及中繼站，我們身為獄卒的職責，即是隨時監視在沙漠裡徘徊的那些罪人，讓他們承受酷刑的折磨。

我曾聽說，第三層眾合地獄聚集了一大票鬼的俊男美女。

「你們都給我聽好了，這一層眾合地獄，是陷溺於『色欲』的罪人會墜入的地方。我們的任務就是，誘發那些罪人的色欲，將他們的欲望拉到最高，再一口氣粉碎。讓他們嚐嚐愛與背叛僅是一線之隔的絕望滋味。」

「遵命！」

「他們會為了尋找在沙漠綻放的花朵和綠洲的水源滿地爬，但我們絕不能給他們花和水。只能拿著在他們眼前晃，誘惑他們，讓他們深刻體會明明近在眼前卻怎麼都抓不到的無助！」

「遵命！」

穆卡卡大人叮囑完，大家如軍隊般整齊劃一地應答和敬禮後，眾合地獄的獄卒就開啟一天的工作。

在朝會時，穆卡卡大人會一邊抽著氣派的菸斗，一邊走過整排獄卒身邊，一一審視每張臉。看到衣領沒翻好的便出聲提醒，髮尾翹起的就伸手撫平，要是有獄卒膚況差，她還會送護膚用品，叮嚀「面皰是大敵，擦這個」。

看似嚴格，卻又意外貼心。很多年輕獄卒都說要為愛護下屬的穆卡卡大人努力工作。她是位有人望，不對，有鬼望，而且充滿領袖魅力的上司。

至於眾合地獄獄卒的職責，就如同穆卡卡大人在朝會上宣導的一樣，是要懲罰耽溺色欲的罪人。

在這片沙漠地帶之中，眾多罪人身穿白色和服，四處遊蕩找水。呻吟、爬動的身軀簡直就像活屍。

他們的前進路線遭到操控，以避免罪人們遇見彼此。

罪人彷彿隻身一人在無邊無際的沙漠中落難，飽受孤寂與不安的折磨。

直到地獄刑期期滿之前，他們都無法離開這片沙漠，乾渴與孤獨都無法獲得療癒。白晝炎熱，夜晚寒涼，無論走再遠，也逃不出這個只有自己一人的世界，難免會渴望人類肌膚的溫暖。

那麼，獄卒的工作內容究竟是什麼呢？

身為男性鬼，我第一天的工作非常簡單。

「那個，不嫌棄的話，要不要和我喝杯茶呢……？」

抓準女罪人內心孤寂達到頂點的時機，走到她面前，羞怯地搭話，再露出靦腆微笑，朝她輕輕招手。

面對好不容易才遇見的活人，女罪人會積極求助，甚至是張開雙臂衝過來，但在她碰到我之前，就會先掉進預先設下的蟻地獄。

「唔哇啊！」

蟻地獄是個底部插滿針的大洞，設計來讓罪人承受被針刺穿身體的痛苦。

從針插得密密麻麻的洞上方窺視，那畫面之悽慘令人不禁別開頭。

嗯——這實在不忍卒睹。必須上馬賽克。

那些女性是來求助的，我身為男人實在差勁透頂。

地獄裡的罪人實際上都已死亡，只以魂魄狀態存在，肉體並不會真的受傷。但他們擁有生前肉體疼痛的記憶，是根據那些記憶在地獄感受到痛苦，身體看起來也受傷了。

據說不只是痛楚，連身上受的傷都會逼真無比，因為只有這樣才能真正懲罰到那些罪人。一到隔天，他們又會徹底遺忘所有記憶，再次孤零零地在沙漠中徘徊。以上就是眾合地獄的機制。

說起來，倒是很像我們認知的那個地獄。

不過擔任獄卒的鬼每天都得重複這種工作，精神上居然撐得住。

鬼特別能忍受這種事嗎？因為這個緣故，獄卒才會由鬼來擔任嗎？我也是鬼，但我就像普通人一樣內心煎熬。

「那個，不嫌棄的話，妳願意和我喝杯茶嗎？」

「嘖，像你這種毛頭小子，我沒興趣，我喜歡成熟穩重的大叔！你還早了八百年！」

「……」

不過其中也有罪人具備鋼鐵般的堅定意志。

有些人只喜歡特定的族群，有些人即便看見我的長相，經我出言誘惑，也不為所動。因此眾合地獄必須備齊各式各樣的帥哥美女。

獄卒們累積經驗後，就會被派去面對這類不輕易上鉤的罪人。

畢竟罪人上了無數次帥哥的當，儘管記憶會遭到消除，但如果勾引模式太相似，也會失去效果。

簡單來說，獄卒也要有能力臨機應變，需要具備高度的技術。

上進的獄卒無時無刻都在鑽研欺騙異性的方法，研究異性喜歡聽哪些好聽話，喜歡怎樣的肢體動作和表情等。

呃，當上獄卒後，這些鬼每天都做這種工作，內心居然沒有崩潰……

鬼果然是心狠手辣啊。

在眾合地獄開始工作兩週後——

就算對方是罪人，每天一直欺騙、勾引、誘惑女性害她們掉入陷阱，讓雖然是鬼卻內心溫柔的我，身心俱疲。

這就是鬼的社會人士。

這就是地獄的公務員。

每天下班後，我都快被罪惡感淹沒。工作原來是這麼辛苦的事。

就算心裡討厭，也必須秉持專業素養做好工作，又有業績壓力，身旁還有積極的競爭對手不斷快速進步。

儘管這裡是鬼的樂園，但社會有多嚴峻，工作有多艱苦，現世和地獄並無二樣。我深切體會到這一點。

只是，眾合地獄也有優點，那就是餐點十分美味。

而且獄卒的休息區一定都設有溫泉。

「呼～今天也好累，肚子餓了。」

辛苦工作一天後，或許是餓了，或許是精神上過度疲勞，身體好沉重。

綠洲作為眾合地獄的生活據點，有好幾間獄卒休息區和居酒屋，但我總是拖著疲憊的身子走到固定一家店吃飯。

說到地獄的名菜，主要是牛肉料理、牛腸料理、辣椒料理、關東煮或炸串之流。除此之外，名叫殺鬼啤酒的飲料大受鬼歡迎。

獄卒在此享用數不清的美味佳餚和美酒。不過，我就死腦筋吧，畢竟實際上我還沒成年，只是一個勁兒吃飯。

「哦，今天有燉牛腸什錦麵。」

我去的那間餐廳，這道麵食很受歡迎，有時候我處理完新人負責的雜務拖到時間，就賣光了，但今天好像還有。

向餐廳老闆娘砂鬼點這個麵之後，我就癱在座位等食物送上桌。

「欸，新來的，你累慘啦。」

肩膀被用力拍了下，我抬起頭，有位獄卒毫不客氣地在對面座位坐下。

「啊，您好，副長。」

下巴蓄鬍，外表粗獷，體格又壯碩，眾合地獄有才幹的帥哥，拓極副長。

拓極副長在眾合地獄排行第二，我也經常受他關照。就連我也認為他實在酷斃了，性格也很帥氣。一言以蔽之，是位值得倚靠的上司。

「聽說你最後一個下班？穆卡卡大人說有優秀新人進來了，高興得不得了。現世鬼都像你一樣工作認真，外型俊俏嗎？」

「那個～沒這回事啦，什麼樣的鬼都有。」

我也不裝謙虛，我很清楚自己確實認真，長相也出色。

以前不記得是誰擅自寄資料給演藝經紀公司，害我有陣子還被星探纏上。酒吞童子在歷史記載上本就是位美男子。

可是，酒吞童子並不是玩弄眾多女性的風流男子。

酒吞童子是感情專一的帥哥……

「在現世，鬼就是殘暴冷血的代名詞，像我這樣的鬼反倒是少數。」

在現世的妖怪界，美麗的外表不算什麼，霸氣粗橫、戰鬥力高強更重要，因此異界之間的價值觀差距每每令我驚訝不已。

就在我們閒聊時，鬼殺啤酒和下酒小菜辣椒送上來了。

我立刻端起啤酒，往副長的玻璃杯裡斟酒。

「咦？你是鬼，卻不喝酒嗎？」

我都只喝汽水，一直啃辣椒的副長留意到後，吃了一驚。

「嗯，對啊。我只要一喝酒，就會不舒服。」
「我第一次看到有鬼不喝酒。」
「哈，哈哈，我果然是有點奇怪的樣子～」
才不是咧，其實我可是以酒豪聞名的酒吞童子。
只是在拚命忍耐而已。
難道這也是地獄的酷刑……？偶爾腦海中會閃過這種念頭。
當然，幾乎要抗拒不了誘惑的時候也是有，在那些疲憊不堪、想忘卻現實的時刻。
在地獄裡還嚴格遵守現世的法律，簡直有點可笑。
可是這種時候，我總會想起真紀，想起自己只是一個高中生。我還想和真紀一起回到學校。
可是，真紀在無間地獄有東西吃嗎？
真紀最愛吃東西，總是一下子就餓得肚子咕嚕咕嚕叫。光是想像她飽受空腹折磨的慘狀，我拿筷子的手頓時打住，食不下嚥。
忽然想哭。這一套心境變化都不知道發生過多少次了。
「喂喂，怎麼啦，幹嘛一臉要哭的表情。工作有這麼痛苦嗎？」
「沒、沒有。」
「先吃飯。第三層的餐點是砂鬼婆婆們煮的，美味極了。雖然偶爾會咬到沙子就是了。」
「哈哈。」

我真誠地笑出聲。確實如此，砂鬼婆婆煮的菜很好吃，就是偶爾會參雜沙子。拓極副長肯定是發現我愁眉苦臉，故意逗我笑吧。實在是善解人意的鬼上司。

「久等了。」

和拓極副長聊到一半，砂鬼婆婆端菜來我們這桌了。期待已久的燉牛腸什錦麵。說聲「開動了」，我拿起筷子。

燉牛腸什錦麵其實就是把麵條丟到牛腸鍋裡煮出來的。

口感富有彈性和嚼勁的牛腸、新鮮的韭菜和高麗菜、油炸豆腐，在加了蒜頭和辣椒的醬油底湯頭中燉煮。口味相當辛辣。

由於牛腸脂肪的甜味會溶進湯裡，蔬菜吃起來特別美味，但最令人驚喜的配料是油炸豆腐。抹上片栗粉下油鍋炸酥的豆腐皮，吸附了大量滋味豐厚的湯汁，可以同時品嚐到酥脆和滑嫩的雙重口感，應該也很適合下酒吧～

不過真正的重頭戲果然還是麵條。用這鍋湯熬煮偏粗的麵條，濃厚又甜甜辣辣的惡魔什錦麵就完成了。

只要吃一口，筷子就再也停不下來。或許是因為這道料理加了滿滿的蒜頭和韭菜，能夠補充精力，才能滿足辛勞工作一天後的空肚子。不管多疲倦，隔天總能精神抖擻地上工，也許都是這碗麵的功勞。

在我埋頭猛吃燉牛腸什錦麵時，拓極副長搭配大盤子中堆積如山的關東煮，又加點啤酒，大口暢飲。

「新來的，你知道嗎？閻羅王大人最喜歡吃蒟蒻了，所以地獄的每一家飯館全都力推蒟蒻料理。但鬼偏好肉類，所以關東煮之外的蒟蒻料理都不太有銷路。」

「是喔。」

拓極副長嘴裡正大口嚼著關東煮裡的蒟蒻，一邊告訴我閻羅王喜愛的食物，更精確地說，告訴我地獄的飲食資訊。

鬼的確愛吃肉勝過蒟蒻，我和真紀也都是肉食主義者。

「其實地獄的餐點讓我挺訝異的。一開始我還擔心萬一都是些人肉、內臟或眼珠子，那該怎麼辦。」

「咦？真假！現世鬼會吃人類嗎？」

「……」

拓極副長大驚失色到臉都發青了，這代表在地獄土生土長的鬼，沒想過要啃食人類的血肉嗎？

嗯……在現世的古早時代，妖怪就如各種傳說中所描述的，會攻擊人類、吃人類。一方面也是因為人類蘊含豐富的靈力，對妖怪而言，沒有其他食物比人類更有營養了。

不過現在，妖怪也和人類一樣，吃美味的白米飯為主食。

愛吃肉這點沒變，但牛肉、豬肉和雞肉也很好吃。

因此，刻意獵食人類的妖怪大幅減少。吃人類，對生活在現代的妖怪不僅沒多少好處，反倒會提高自己遭受處分的風險。

只是在地獄的人類，基本上都不是真的擁有肉體。出於這個緣故，即使人類是必須折磨的對象，也沒想過去吃他們吧。

而且地獄也有類似現世的牛肉、豬肉和雞肉，還有蔬菜。

特別是眾合地獄，對這一層的獄卒來說，保持良好體態也是工作的一環，因此蔬菜的選項也很豐富。我常吃的燉牛腸什錦麵裡也放了許多像是韭菜、高麗菜和豆芽菜的食材。

「這些肉和蔬菜是在地獄的哪裡生產的？我過去還以為，地獄是個連根草都沒有的荒涼世界。」

恐怕現世所有人都抱持著這種想像吧？

拓極副長回應，實際上，地獄有八九成土地確實長那樣。

「上面一層的黑繩地獄，擁有地獄裡最肥沃的土壤，自然資源豐足。不僅種植多種農作物，還大量飼養可食用的『黑繩牛』和『鬼骨雞』。墜入黑繩地獄的罪人，會被迫在遼闊的農場中免費工作。」

原來如此。對了，一開始領到的那本手冊上面確實也有說明。

上一層黑繩地獄在折磨罪人的同時，提供地獄居民所需的糧食，是具備高生產力的一層。

順帶一提，據說「黑繩牛」和「鬼骨雞」是專門飼養來食用，在地獄建立起品牌的肉品。這兩種生物都蘊含鬼因子，才有辦法在充滿邪氣、只有鬼能忍受的地獄裡存活。簡單來說，就是地獄的特產，地獄才有的美食。

這樣說起來，在我掉進地獄前，叶曾講過我身上有「鬼的因子」這種叫人聽不懂的話。是因為我過去是酒吞童子嗎？我當時刻意忍住，不追問他詳情，但有無具備這個鬼因子，似乎就是能不能在地獄存活最重要的條件。

鬼因子到底是什麼玩意兒？

我和真紀在千年前從人類變成鬼，與這有什麼關聯嗎？

在眾合地獄工作一個月後——

無論什麼事，只要天天做，遲早都會逐漸習慣。

不，或許該說麻痺更精準。

欺騙那些女罪人，說甜言蜜語引誘她們，最後再背叛她們的期待，害她們跌落絕望深淵和插滿針的大洞。我每天就是重複做這件事。

偶爾會忽然受到良心譴責忍不住雙手抱頭，腦海中浮現遭尖針貫穿身體的罪人身影。

要是讓真紀知道我天天做這種勾當，她肯定會大發雷霆，討厭死我了吧。偶爾，我也會因恐懼這一點而顫抖不已。

但如果不能習慣這一切，就沒辦法達成每天的業績目標。

沒錯，我必須在這裡做出成績才行……

「欸，這位漂亮小姐，那裡很危險喔。過來我這邊。我會保護妳。我——」

起初我總是客氣邀請罪人一起喝茶的策略，也經過大幅度調整。

我流露出自信及餘裕，掛上胸有成足的微笑，說出可靠又甜蜜的話語，朝罪人伸出手。

從此，罪人多半都回「好，我很樂意」，喜孜孜地快步靠近，在一眨眼間就墜入陷阱。墜入我的陷阱，也墜入那個插滿針的大洞。

酒吞童子原本就是這種形象的鬼。

從枝垂櫻上朝茨姬伸出手邀她離開的傢伙，就是這種形象的鬼。

可是在現世生活，養成了打工族聽命行事的習慣，怕別人覺得自己奇怪所以配合周遭的能力，日本人特有的謙虛有禮，這些特質全深深烙印在我身上，徹底埋藏了昔日身為妖怪之王的霸氣。

不過，強悍和可靠的氣質，果然對罪人來說極有吸引力。

我得加緊研究，扮演好自己的角色，讓更多罪人承受酷刑才行！

哇啊啊啊啊啊……我到底在做什麼啊？

在眾合地獄開始工作三個月後——

「外道丸。你工作這麼認真，我實在很感動。你昨天讓罪人承受酷刑的次數也比業績目標多一倍對吧？我一開始就很看好你，果然沒看錯人。就照這個步調繼續加油。」

「遵命！」

我成長為會受穆卡卡大人褒獎的獄卒了。

儘管每天一樣得耍卑鄙手段向那些罪人施加酷刑，但我不再膽怯，內心已如銅牆鐵壁般堅硬。身心都徹底化為鬼，每天都達成業績兩倍的數字。我深信，很快就能和真紀重逢了。

聽說在無間地獄的真紀情況依然一樣，不斷從獄卒手中逃脫。

每次他們發現真紀的蹤跡，她就會像暴風雨般大鬧一場，接著悄悄躲藏起來。

聽說過去從沒人能像她這樣一直成功逃脫。

不過，這樣就對了。真紀，繼續逃吧。

我一定會去接妳的。

某一天的朝會。

「報告！第六層焦熱地獄有跡象顯示，一大批罪人逃獄！」

其他層的獄卒傳來緊急通知。

「什麼？焦熱地獄的罪人？」

「怎麼回事……？」

聚集在一塊兒的眾合地獄獄卒們十分錯愕，現場一片嘩然。

詢問詳細情況後，才知道是第六層焦熱地獄有一部分罪人失控動用暴力，進而導致大規模逃獄發生。

也對，焦熱地獄原本就是擁有邪惡內心的罪人墜入的地獄。

換句話說，去那裡的淨是些壞蛋。

關在鐵造的監獄裡，每天都必須忍受身體在炙熱鐵板上燒烤的痛苦。光是想像，就令人寒毛直豎。

不過就算逃獄，要從地獄這個世界逃出去談何容易。

很快就會被抓回來，接受更殘忍的酷刑。明知如此還逃獄，實在很有種。到底是哪個壞傢伙帶頭鬧事的？

據我推測，罪人會有機會逃獄，多半和目前地獄的情況有關。

能幹的獄卒（因為真紀的緣故）都被調到無間地獄去了，其他層獄卒人手不足，才造成罪人有機可趁的局面。

「從焦熱地獄逃出來的那些蠢蛋是哪些罪人？數目有多少？」

穆卡卡大人傻眼地問。

前來通報的別層獄卒爽快回答。

「實在是多到數不清！他們挾持一般鬼，劫持地下鐵一口氣逃得遠遠的。那些妖怪好像原本是群邪惡的山賊，頭目叫作『鬼蜘蛛』，聽說是以前大鬧現世的大妖怪。」

……嗯？

聽見令人懷念的名字，我站在一群獄卒的行列中，雙眼眨個不停。

鬼蜘蛛，是千年前和酒吞童子爭奪大江山霸權的大妖怪。

我知道他被源賴光擊斃，死在平安時代，沒想到那傢伙也掉到地獄來了？

而且還和盜賊同伴一起從第六層焦熱地獄逃獄……

我忍不住悄悄揚起嘴角。

鬼蜘蛛的外表，就像圖畫裡畫的那種大壞蛋、大盜賊。

和我這種愛好和平的鬼想法南轅北轍，在大江山起了好多次衝突。

雖然我是從沒輸過，不過那傢伙當時在現世也算是力量強大的妖怪。

從他們的話中聽來，看來就連地獄的獄卒也難以阻止那傢伙的反抗行動。

甚至已經來到第四層，也就是我們下面一層的地獄了。

「外道丸。」

穆卡卡大人叫我的名字。我回答「是」，鞠躬的同時背脊驀地伸直。

「你是現世鬼沒錯吧。關於這個鬼蜘蛛，你知道些什麼嗎？」

「……嗯，是個棘手的人物。他塊頭很大，有時會呈現山一般巨大的蜘蛛外貌。」

我只說了這一些。

其實我知道的可多了。他的外貌、愛吃的食物、喜歡的女人類型、口頭禪，還有不可告人的祕密，甚至是弱點。

但要是說得太詳細，讓人發現我是酒吞童子，那就糟了。

「穆卡卡大人，現在該怎麼辦？我們這裡沒有戰鬥能力特別出色的獄卒。能打的鬼，現在幾乎都派到目前最需要鬼手的無間地獄了。」

站在穆卡卡大人身旁的拓極副長皺起眉頭，神情凝重。

情況正如副長所說，萬一鬼蜘蛛跑上眾合地獄來，目前的人力並不足以阻止鬼蜘蛛一夥人。

「……嗯，情況有點棘手。其他層搞出來的問題連累到我們這一層，真受不了。」

穆卡卡大人呼出菸斗的煙霧時，深深嘆口氣。

可是，那個問題似乎已逼近眼前了……

「！」

這瞬間，伴隨地面的轟隆巨響，整個眾合地獄劇烈搖晃。

在場所有鬼全都立刻趴下，一部分鬼慌忙奔上總部的屋頂，我也跟著上去。

然後，我清楚地看見了。

綠洲外圍的遠處沙漠，一整群巨型蜘蛛大妖怪黑壓壓地揚起滾滾黃沙，正接近這裡。

剛才通報的獄卒說，他們挾持了連接不同層地獄的地下鐵，多半是從地下鐵的軌道一路上到第三層的吧。

正中間塊頭最大的蜘蛛，正是鬼蜘蛛沒錯。駭人的身軀，極富威脅性的八隻腳，骨溜溜轉動的無數顆眼珠，光從外觀看來就像隻邪惡的妖怪。實際上，牠們確實不是好東西。

牠的四周跟著一群體型也算壯碩的大蜘蛛。

那些肯定是鬼蜘蛛的弟弟妹妹。那些鬼蜘蛛背上還載著其他小蜘蛛，浩浩蕩蕩地朝我們逼近。

牠們拿鐵棘、鐵板、鐵鎖等地獄常見的「酷刑道具」戴上身當作盔甲，背上豎著自行製作的旗子，上頭繪有鬼蜘蛛一族的標誌。那些傢伙手上揮舞著傷痕滿布的刀，氣勢萬鈞地吶喊著。

「嘿哈！」

一群混混鬼吼鬼叫打算進攻此地，眾合地獄花容月貌的獄卒們都嚇得縮起身子。

凝神細看，沙漠裡的罪人也都拚命四處竄逃。

「過了一千年還是那個樣，鬼蜘蛛一族。亂打一通。以前狹間之國也遭受過無數次這個鬼蜘蛛戰車突襲。」

狹間之國是不曾敗給這種戰法，但遭受侵略的人類聚落及村莊，想必撐不了多久。

鬼蜘蛛戰車所經之處，無論住宅或田地都會被破壞殆盡，財產、食物、女孩子全都被搶走。

在地獄也不改其戰鬥風格。

獄卒們設法引誘那群鬼蜘蛛掉入行進方向上的針洞，拿起槍砲開火射擊，想阻止牠們的攻勢。但那群蜘蛛體型過於龐大，這些小招式根本沒有效果。
沒錯，一般的攻擊是沒用的。不過，牠們也有弱點。
我實在看不下去了，踏上屋頂欄杆。
「你要去哪裡？外道丸。」
「穆卡卡大人，我去阻止鬼蜘蛛。」
穆卡卡大人揚起單側眉毛，似乎察覺到我心中已有對策。
「不行，一個人去太亂來了！外道丸，回來──」
一向愛操心的拓極副長出聲制止，但我充耳不聞，逕自從屋頂一躍而下。
來吧，開一場地獄的同學會，鬼蜘蛛。
畢竟在場能夠制服鬼蜘蛛一族的，一定只有充分了解牠們的我了。

罪人們和獄卒們驚嚇逃難的局面中，我雙腳大開穩穩踩在沙漠，雙手插在腰際，朝對面衝過來的鬼蜘蛛一族大喊：
「喂，鬼蜘蛛！你再繼續前進，在這個地獄裡就無處可逃囉！」
然而，鬼蜘蛛戰車軍團毫無停止的跡象，反倒紛紛高呼「踏扁他！輾過去！」打算一口氣踩過我。嗯，我也猜會這樣……

既然如此，我也就不客氣了。

我舉起獄卒的佩刀，刺進沙地，發動結界術，用透明的腳鍊將鬼蜘蛛的一隻腳固定住。

如我所料，鬼蜘蛛停下腳步。首領都停了，其他小型的鬼蜘蛛戰車自然也一一緊急剎車。

「小鬼，你做了什麼好事……你不是普通的獄卒吧……」

鬼蜘蛛發覺腳不對勁，發出低沉宏亮的聲音。

他雖然只會橫衝直撞搞破壞，警戒心卻比常人高一倍。

鬼蜘蛛數不清的眼珠子骨溜溜轉動，全部緊緊盯著我。他想硬往前走，卻沒辦法破壞我的結界，單腳依然被固定在原地。

「嘖。本大爺要去第一層地獄逮住閻羅王，先把他的寶物全搶過來，再投胎轉世。這一次我一定要拿下大江山！你要是敢來攪局，我就把你從頭吃掉。鬼是難吃，但還能填個肚子！」

鬼蜘蛛呼出帶著惡臭的氣息，威脅我。

環繞在周圍的弟弟妹妹和屬下們全都高喊「大哥，幹掉他」，鼓噪鬼蜘蛛的情緒。

不過我壓低守衛帽的帽沿，遮住長相，嘴角揚起微笑。

「小鬼，你笑個屁。」

「沒事，就覺得你真的打從骨子裡是個山賊，妖怪之恥，大壞蛋。只是，拿下現在的大江山，你又能做些什麼呢？」

「啊……？」

這也稱得上一種代溝吧。
在鬼蜘蛛心中，現世仍舊維持著平安時代的狀況。
認為大江山是妖怪的樂園。
確實，當時的大江山對妖怪來說，是充滿靈氣、極適合打造根據地的地點，大妖怪全都虎視眈眈，而且還有礦山。只是……
「你去占領現在的大江山，頂多也只能當一個山大王。現代的大妖怪都跑到都市去了，融入人類社會，經營企業。要是光明正大幹壞事，立刻就出局了。現在最厲害的，是有謀略又有錢的妖怪。」
我得意地說，不過待在地獄近千年的鬼蜘蛛一派似乎無法理解。
「你這傢伙，胡說些什麼？」
「編一些亂七八糟的話。大哥！把他碾成肉醬！」
「這種傢伙，從頭把他吃掉，大哥！」
鬼蜘蛛一族擋住我的去路，似乎一心想趕緊除掉礙眼的我。
幾乎同時，鬼蜘蛛從口中吐出白絲。
黏答答、堅硬又牢固的蜘蛛絲，眨眼間一圈圈纏住我的身體。
對了，好久以前，茨姬好像也曾被鬼蜘蛛的白絲纏住抓走。鬼蜘蛛為美麗的茨姬神魂顛倒，拿出盜賊本色想把她從我身邊搶走，作為自己的妻子。

可惜，茨姬很強。

真的很強。把鬼蜘蛛宛如鐵線般強韌的白絲咬斷，憑自己的力量脫身。還朝鬼蜘蛛放話，「你的長相不是我的菜」，我還來不及去救她，她就自己回到狹間之國了。她果然是很厲害啊，茨姬……

沉浸在往日回憶時，我全身都被鬼蜘蛛的白絲裹得密不透風，完全看不見周遭了。

沒錯，鬼蜘蛛的習慣是先用這些白絲捕捉獵物，再連同白絲一起吞下肚。

不如學茨姬一樣咬斷白絲好了。我腦中也曾閃過這個念頭，但那一招可能只有暴力程度遠高於我的茨姬才辦得到。

因此，我乖乖選擇能力範圍內的辦法，將一些靈力凝聚在刀上，再揮刀割斷白絲。

「怎麼會……？」

鬼蜘蛛堅固的白絲化為碎屑，我則毫髮無傷、若無其事地重回牠們眼前，鬼蜘蛛一族全都驚愕得張大嘴巴。

鬼蜘蛛本人也是咬牙切齒，恨恨地說：

「那這一招如何，獄卒小鬼！」

這次，鬼蜘蛛巨大的腳朝我揮來，又甩回去。

我只固定住一隻腳，所以牠雖然沒辦法離開原地，其他腳還是能自由攻擊我。

電光火石之間，我舉刀接下了他的巨腳。

「……哦～～在地獄待這麼久，一直受地獄業火焚燒，好像稍微變強一點了。跟煉鐵一樣嗎？」

照理說他的肉體已不復存在，沒想到眼前的鬼蜘蛛卻比當年更堅硬，力道也更強勁。是因為在地獄待久了，更能承受痛楚，也更健壯了嗎……？

「……小鬼，我是覺得不太可能，不過，難道本大爺和你以前見過面嗎？」

鬼蜘蛛數不清的眼睛，倒映著我的身影。

我勾起嘴角。

「你忘記我了嗎？鬼蜘蛛。我們可是為了大江山打過那麼多場。」

接著，猛然發力，將方才接住的鬼蜘蛛腳狠狠甩回去，瞄準腳的根部俐落砍斷。

沒錯，鬼蜘蛛的弱點就是這裡。

這傢伙腳的根部比身體其他部位稍微柔軟些，要砍下來並非難事。

「哇啊——」

刺耳的慘叫響遍整個眾合地獄。

那淒厲叫聲撼動了沙漠，原本近距離觀戰的罪人和獄卒們受不了，也紛紛摀住耳朵蹲下。沒錯，嗓門大也是這傢伙的特徵。

「好！再一隻！」

但我毫無懼意，俐落奔過鬼蜘蛛的肚子下方，一刀砍斷後面的腳。

鬼蜘蛛失去平衡，無法靠自身站立，轟然倒地。
巨大身軀揚起滿天飛沙，四周都蒙上一層黃色。
「咳咳咳……」
到處響起咳嗽聲，我也用衣袖掩住嘴巴，在漫天飛舞的沙塵中，消失在鬼蜘蛛眼前。
「小鬼，你跑哪去！」
待黃沙散去，狂怒的鬼蜘蛛才發現我已不見蹤影，不過——
「這裡啊，這裡。」
我啊，就踩在鬼蜘蛛的頭頂上。
鬼蜘蛛頭上也有長眼睛，那些眼珠直直瞪向我。
抓住這個機會，我摘下制服的帽子，露出臉。
「！」
鬼蜘蛛一見到低頭望著自己的我的臉，眼珠全不停滾動，顯露出內心的慌亂。
「小鬼，你難道是……外道丸？」
我跟鬼蜘蛛是舊識，因此他總是叫我外道丸，而非酒吞童子。
聽見他現在也依然叫我外道丸，內心有一絲懷念，實際上，也非常慶幸。
要是他叫我酒吞童子，事情就有點麻煩了。
「好久不見啊，鬼蜘蛛。這樣一來，你應該也很清楚自己犯下的罪孽有多深重了吧？你和我不同，我以前是個善良的鬼，但你就是個大壞蛋。」

「等、等、等一下，先暫停一下！喂，外道丸！你為什麼在這裡！這太糟糕了啊啊啊啊啊啊！」

鬼蜘蛛方才的霸氣頓時消失無蹤，那副龐大身軀掙扎著想逃走。

可惜他被砍下兩隻腳，一隻腳又被固定住了。

鬼蜘蛛心裡大概也明白，他不可能逃出我手中的。

「鬼蜘蛛，你再去焦熱地獄烤一下吧。總有一天可以轉世投胎的。」

一刀落下，眨眼間，我無聲無息地砍下鬼蜘蛛的頭。

儘管頭被砍下，隔天仍會變回原本的模樣，這正是地獄神奇的地方。

而且，幸好眾合地獄的那些罪人每天受酷刑折磨的記憶都會遭到清除，自然也會忘記我的事。

「啊，大哥！」

崇拜鬼蜘蛛的那些弟弟妹妹及下屬，眼見首領的頭和腳都分家了，倒在地上一動也不動，紛紛慌了起來。我回頭看向他們。

「好了，你們，山大王被擺平了。我不會讓你們繼續往上走的，要投胎轉世去現世，就再等等吧。你們想攻下大江山的美夢也毀了。現在，在這裡投降。要不然，就會被打到最下層的無間地獄喔！」

「啊……」

鬼蜘蛛一族有些成員看見我的臉，頻頻後退。

那些小囉囉，也有一些認得我的長相。

「你是……」

「酒吞……」

我站在頭被砍下的鬼蜘蛛身上，將食指抵在嘴巴前。

「哎呀，說出那個名字的，會被我砍。」

那群小囉囉似乎想起生前的慘痛教訓，全都乖乖閉上嘴，失去鬥志，站在原地垂下頭。

還在地面上時，鬼蜘蛛就不曾贏過我。正因為牢牢記得這一點，他們醒悟到沒辦法再鬧下去了。

鬼蜘蛛一族的逃獄騷動，便以這種方式暫時告一段落。

慘敗的鬼蜘蛛一族，被獄卒們綁上繩子帶走。

聽說他們會先被帶到閻羅王宮殿所在的第一層，再次接受閻羅王的審判。不僅刑期可能拉長，還會被送到焦熱地獄以下的層級。
不過真是沒想到，會在這種地方遇見老朋友，過去的好對手。
他們承受地獄的酷刑這麼久了，個性卻沒多大變化，這樣想想，地獄的懲罰真的有效嗎……？我忍不住懷疑。
算了。反正牠和夥伴在一起，就待在這快快樂樂地贖罪吧。都有力氣引發逃獄騷動了，想必過得還不差，這點倒是令人放心。
後來，我和其他獄卒一起收拾殘局，載著穆卡卡大人的半履帶車朝沙漠正中央駛來。
「辛苦了，外道丸。你果然非泛泛之輩。你在現世時一定有闖出名號吧？」
穆卡卡大人摘下太陽眼鏡，嘉許我一番。接著，露出意味深長的微笑。
而我，不敢正眼瞧他，只回了句「別開我玩笑了」。
再朝穆卡卡大人深深一鞠躬。
「我是無名的現世鬼。我的一切努力，都是為了眾合地獄的大家長，我所敬愛的穆卡卡大人。」
穆卡卡大人單側眉毛靈活挑起。
不曉得是認為我的回話方式有趣，還是察覺到我的企圖。
「你……該不會想用這種方式來討好我吧？你剛來時還很青澀，挺可愛的，現在倒是油條起來了。不過看在你表現出色的份上，我就接受吧。你想要什麼，說說看。」

穆卡卡大人真是好溝通，果然通情達理。

我也就不顧慮了。

「哈。請幫我寫參加上級獄卒考試的推薦信。」

沒錯。我就是為了這個理由，才待在地獄勤奮工作的。

第五章

淨玻璃鏡

接下來的日子，我日夜埋頭苦讀，傾盡全力準備上級獄卒考試，同時依舊兢兢業業做好獄卒的工作。

工作能力提升後，偶爾會被派去下面的地獄層級，得以更了解地獄究竟是一個怎麼樣的世界。

儘管每一層地獄都別有風貌，每一層層長都性格鮮明，獄卒夥伴都極富特色，罪人們也是千奇百怪，甚至連折磨方式都相當出奇，不過……（以下省略）

我印象特別深刻的是，第七層大焦熱地獄。

這個地獄裡有一座巨大的活火山，遍地都是河流般的岩漿緩緩流動著。

或許只有這個地獄，才符合現世裡大家對於地獄的想像。

與景色相符，那裡超熱，硫磺味又很重。整個地獄裡吹拂的潮濕暖風及硫磺味，多半就是從這裡飄過去的。

不過也是拜這座火山所賜，獄卒每天都有溫泉泡，我個人是十分感激。只不過，這一層卻是所有獄卒最討厭的部門。

大焦熱地獄的罪人在位於火山口的礦山工作，等他們精疲力竭後，再將他們推下火山的熔岩中，就是這一層的酷刑。

只是，待在這裡的罪人全是差一點就得去無間地獄、等級相當高的壞蛋。個個都有怪癖，很難應付。

再加上先前鬼蜘蛛一族逃獄的消息早傳得滿天飛，他們也開始各懷鬼胎，暗地認為說不定自己也有機會反抗獄卒，成功逃獄。

總而言之，獄卒們也是賭命在工作。

要是一個不小心，就可能遭罪人襲擊，被推進岩漿裡。

我也遇過幾次，罪人忌妒我長得帥就來找碴，我差點從背後被推進熔岩裡。

我立刻用結界術變出一塊平台踏好，或者瞬間移動到其他地點，才避開危險。至今，還沒有體會過岩漿的高溫。

透過這些經歷，我很順利地在地獄累積出一些成績，終於要接受上級獄卒的考試了。

「外道丸，恭喜你通過上級獄卒的考試。」

到地獄來，體感上過了大約半年。

我終於成功通過上級獄卒的考試。

通過這次考試的獄卒，正被一一叫到閻羅王面前，接受他的褒獎。

第一次踏進這座閻羅王宮殿，也彷彿許久以前的事了。

見到閻羅王，真的有一種相隔已久的感覺。

「外道丸。在地獄的歷史上，從不曾有獄卒像你這麼快通過超級困難的上級獄卒考試。我聽說你上次在眾合地獄也漂亮地打倒鬼蜘蛛，在大焦熱地獄面對那些極其頑劣的罪人也游刃有餘。看來你果然不是普通的現世鬼。」

「……哪裡，全是穆卡卡大人指導有方。」

「穆卡卡啊～她的確是所有層長裡最會培養新人的。」

閻羅王顯得很高興。

雖然說他仍舊被堆積如山的文件環繞，看起來十分忙碌，而一旁身穿黑色束帶正裝的小野篁（叶），正以閻羅王親信的身分，泰然自若地工作。

那個傢伙。居然從高處俯視我，有夠令人不爽。

「篁，當初是你從現世找來外道丸的吧，你眼光果然好。最近超忙的，幸好你回到地獄來了。待在現世的派遣特務獄卒也不多，一直聯繫不上你，我都不知道該怎麼辦才好～」

派遣特務獄卒。我曾聽低級獄卒提起，在準備上級獄卒考試的過程中，也有讀到更詳細的解釋。

「……我聽說地獄鬼才不足的問題很嚴重。只是我倒沒料到，他會是這麼出色的鬼才。」

小野篁大人用我也聽得見的音量，講出這種語帶諷刺的話。

我火大到極點。閻羅王也拍了下大腿，大笑出聲。

「咳咳。那個，外道丸。」

閻羅王清清喉嚨，正色向我發話。

「你應該也曉得，目前，超級棘手的大妖怪大魔緣茨木童子就在最下層的無間地獄。她在無間地獄裡四處逃，打倒許多上級獄卒，現在又不曉得躲到哪裡去了。在地獄史上，這是前所未聞的情況。」

「……是，我有聽說過。」

我努力放鬆繃緊的神情，避免被看出端倪。

我之所以要成為上級獄卒，之所以想去地獄最下層的無間地獄，一開始就是為了大魔緣茨木童子。

「大魔緣加劇了地獄鬼才不足的情況，我很傷腦筋。像你這樣有才幹的獄卒成為上級獄卒，我實在太高興了。我希望你能立刻去無間地獄，你願意嗎？」

「是，當然。」

我小心避免流露太多情緒，刻意用淡然的語氣，搭上熱血的眼神回答。

「我一定會解決地獄的難題。」

萬一不能去無間地獄，我的目標就無法達成。

這大半年的努力也將全部化為泡影。

「嗯，很好。」

閻羅王似乎感受到我渾身的幹勁，滿意點頭。接著，從身旁的小野篁手中接過文件，在上面毫不猶豫地蓋下大印章。

「是，感謝關心。」

「外道丸，前往無間地獄的列車明天早上出發，你應該也累了，今天就好好休息。」

我朝閻羅王深深低下頭，便慢慢退出去。

這次通過上級獄卒考試的約有十位。

我一踏出辦公室，書記官便唱名下一位通過考試的獄卒，和我一樣接受閻羅王的鼓勵。

「外道丸～」

在閻羅王宮殿走廊叫住我的，是擔任實習書記官的小鬼秋雨。嬌小又圓滾滾、如吉祥物般可愛的小傢伙。

「外道丸。恭喜你通過上級獄卒考試～我嚇一跳耶，你是地獄史上最快通過的喔～」

「秋雨，謝謝。」

我鞠躬致意。

「哎呀～外道丸，你已經是上級獄卒了，不用對我這麼恭敬啦～我就是一個萬年實習書記官，快起來～」

「咦？是這樣嗎？」

我老覺得自己還是一隻菜鳥，沒辦法完全擺脫這個印象。

秋雨朝我伸長身子，打算要說什麼祕密的樣子，我便配合他的高度蹲下。

「那個呀～我偷偷跟你說，明天到了無間地獄後，應該馬上就會派你們去第一線執勤～在無間地獄的敵人，可不是只有大魔緣一個～」

「敵人？」

「對。無間地獄開滿了含有劇毒的彼岸花～那可是吸飽地獄最下層高濃度邪氣的花種～對獄卒也會帶來不好的影響，請你務必小心～」

秋雨說完，忽然想起急事似地「啊」了一聲，慌張離開現場。

「就算你叫我要小心……」

縱使清楚那裡很危險，我也要去無間地獄找真紀。那個目標終於近在眼前了，我不禁坐立難安。

後來，我踏進中庭。

這裡如同地面上一樣，天空是蔚藍的，甚至有種閒適的氛圍。

微風吹拂過一棵棵蓊鬱綠樹，枝葉搖曳著，甚至還有小鳥。

雖然風中仍舊帶著硫礦味，小鳥的額頭上也長著小小的尖角。

今天不用再工作了，我找了塊舒服的草地躺下，思索今後的事。

朝天空伸出一隻手，握緊拳頭。

終於，終於可以前往無間地獄了。

花了好多時間，地面上恐怕已經過一天了吧？

我和叶待在地獄的這幾個小時，不曉得他們那邊發生了什麼事。

「茜，沒事吧……？」

他為了送我來地獄，被同為陰陽局退魔師的幾人包圍了。

我來地獄後，不曉得他有沒有被痛罵一頓。情況要是嚴重，說不定又像京都那次，因為我們被禁足……

不行，現在想這些也沒用。

我只要專心做此刻我該做的，奪回最重要的人就好。

所有人都是為了這個原因，才拚命幫助我們。

「真紀……」

該怎麼把真紀的魂魄帶回地面上呢？

即使成功晉升上級獄卒，我面對最後的這個大問題，依然苦無對策。

之前為了考上級獄卒而埋頭苦讀，因此對於地獄的結構，整個世界體系的組成，包含我們生活的現世，都有了更深入的認識。

魂魄全權交由閻羅王管理，要硬搶回去是不可能的。在地獄服滿刑期的魂魄，才能獲得轉世投胎的許可，是這個世界的規矩。

我稍微在腦中梳理關於我們所在的「世界系」的知識。

眾神居住的高天原是頂點——按照黃泉、現世、隱世、常世、地獄的順序，世界縱向相連，而這整個系統就稱為「世界系」。

只要隸屬於同一個世界系，異界之間就有方法往來，彼此也會相互影響。（不過這個世界系之外還有其他世界系，也有一些不可能產生關連的其他異界存在。宇宙嗎？）

此外，這個世界系的黃泉之國和地獄是管理魂魄的場所，也就是死者的世界。

那些魂魄隨時間經過，會分發到現世、隱世、常世等生者的世界，也就是所謂的轉世投胎。簡單來說，魂魄就在同一個世界系裡不斷輪迴。

因此，如果不從地獄「轉世投胎」，我不曉得是否還有其他方式能將真紀的魂魄帶回地面上。

不，肯定有。

我得找出來，再要求閻羅王重新思考真紀的判決才行……

「喂，酒吞童子。」

「哇！」

有人低頭望著躺在地上的我的臉，我嚇到彈起來。
竟然是叶。不對，現在眼前的這個人是小野篁。
「你、你做什麼！無聲無息地突然出現！你是滑瓢嗎！」
我以前也說過，事實上這傢伙比誰都更像妖怪。
即使被說是滑瓢，叶依然是那張撲克臉，毫無反應。
「你可是閻羅王的親信，在這種地方閒晃沒關係嗎？上級獄卒的分發工作還沒結束吧？」
叶的目光稍稍飄向遠處，從懷中掏出一樣物品。
啊，這傢伙，居然偷偷帶現世的香菸過來。
「結束了，而且我想抽菸想到快受不了了。」
「你連在地獄也有重度菸癮啊……」
一身古代公卿裝束，手卻夾著香菸吞雲吐霧，這模樣平常可看不到。
先不管這畫面有多突兀，叶在長長呼出一口菸後，開口道：
「接下來這兩個小時，閻羅王會離開宮殿。今天是每週一次巡視街坊的日子。」
「……說什麼巡視街坊，就是去街上找女人玩吧？」
「那是平日繁忙的閻羅王喘口氣的方式。」
叶不著痕跡地確定四周情況後，悄悄向我遞出一樣物品。
「這是……鑰匙嗎？」

「是鑰匙，你用它進去西棟最高樓層閻羅王的書房。」

「啊？」

聽見突如其來的任務內容，我滿心疑惑，叶則一臉認真告訴我。

「暗語是『蒟蒻怕怕』。」

「……什麼？」

我愈來愈搞不懂了。

沒有任何其他說明，叶就離開了，轉眼已走到視覺上只剩豆子大小的遠處。他還是那副老樣子。

「就算進了閻羅王的書房，我去那裡要做什麼啊？」

他是要我自己想嗎？還是無法理解他的用意，是我頭腦有問題？

沒有詳細的使用說明，我連這把鑰匙要怎麼用都不曉得啦！

「那傢伙當老師時，明明就會更仔細說明……」

我嘆了口氣，悄悄握緊他交給我的鑰匙，站起身。

算了。只能去看看了。

總之，只要用這把鑰匙進了閻羅王的書房，肯定就會明白吧。

閻羅王此刻不在宮殿。

八成是在街上和鬼女們打情罵俏。

話說回來，叶（應該說小野篁）那傢伙，實在很受閻羅王信賴。閻羅王把自己書房的鑰匙交給他保管，就是證據。結果他卻把書房鑰匙拿給我，毫不在意地背叛那份信賴……

我避開那些書記官的耳目，來到了閻羅王書房的門前。

環顧左右，確定四下無人後，我才打開門鎖迅速進房。

閻羅王的書房，四周牆面上都是書櫃，連一扇窗都沒有，十分昏暗，聞起來積了不少塵埃。

「這裡擺的是書，還是罪人名冊……？」

我從幾個書櫃抽出卷軸，攤開來閱讀裡面的內容。上頭詳細記載了每位罪人的背景資料、生前罪狀、在地獄的生活態度等。

房間正中央的桌面上並排擺著幾台電腦。我也稍微檢查了一下，似乎正在將紙本內容轉換為電子檔……

我在書房中四處查看。

雖然也想調查真紀的資訊，但看來無間地獄的罪人名冊沒有收在這裡。這代表，特地藏在某個地方了吧……？

「咦，等一下。我記得叶那傢伙拿鑰匙給我時，還說了句奇怪的暗語。那要用在哪裡？」

那句，蒟蒻怕怕。

實在有夠奇怪。但仔細想想，閻羅王愛吃蒟蒻在地獄是無人不知無人不曉的，搞不好真的沒人想得到這句暗語。或許倒真是防護力超高的暗語……

不過，既然有暗語，就表示有隱藏式金庫或暗門之類，需要用到暗語的東西才對。要我找這種東西，比一本本翻書或查卷軸來得容易多了。

因為我擅長驅使狹間結界，這種房間或空間類的機關，立刻就會被我識破。

或許正因如此，叶把鑰匙交給我時，才會什麼都不明講……

「喔！有了，竟然在那裡。」

沒想到機關設在我進入這間房的那扇門上。

這扇門，從房間內側看去，會有股奇異的感覺。那種不對勁的感覺，恐怕只有精通結界術的人才會察覺。

我輕輕碰觸那扇門，念出那句暗語。

「蒟蒻怕怕。」

是這樣做嗎……？

雖然心中忐忑不安，不過門的另一側響起「喀嗤」一聲。我打開門，眼前出現的並非閻羅王宮殿的走廊，而通往一個未曾見過的房間。

那個房間鋪著紅色絨毯，布置十分華美，與其說房間，更像是美術館的展示場。

叶就是希望我進去這裡嗎？

我用力嚥下一口口水，拿定主意，踏進裡頭。

——大罪人遺物保管庫。

入口附近立有一個牌子，上頭寫著這幾個字。

我立刻想起來。大罪人遺物，在準備上級獄卒考試時，我有讀過相關資訊。印象中那好像是……

「墜入無間地獄的大罪人，不光是魂魄，連他最重視的東西也會一起掉進地獄。」

大罪人遺物由於來自異界，在地獄被看作珍貴的物品。

原來如此，這裡用來展示大罪人帶來的異界寶物。

閻羅王還偷偷當成自己的收藏品嗎？

這是濫用職權吧……？

「這裡會有什麼呢？」

我不知道叶為什麼要特地給我鑰匙和暗語，叫我進來這房間。

但很快我就明白了。

「啊……」

如同寶物般被展示的一把刀——

一把熟悉的刀，一絲不苟地收藏在刀台上。我一瞧見它，就下意識倒退幾步。

「這是『外道丸』……」

對。外道丸是我年少時的名字，在我被稱為酒吞童子後，那個名字我就獻給了自己的愛刀。同時，那也是現在身為獄卒的我使用的名字。

為什麼外道丸會在這裡……？

「難道……是大魔緣茨木童子……以前墜落地獄時帶過來的？」

我臉色發白。

呼吸紊亂起來。我試圖平順呼吸，雙眼緊緊盯著那把刀，伸出手。

看來觸碰也不會有問題，我便把外道丸從刀台上拿起來，拔出刀鞘。

……啊啊，就是這個感覺。

明明是千年前的刀，年代已非常悠久了，但保養得宜，刀身絲毫沒有生鏽，仍舊如當時一般美。熟悉的銀灰色也與當時完全一致。

我沉浸在與愛刀重逢的喜悅中。

「！」

一旁似乎有東西在動，我慌忙舉起手中的外道丸，轉過身去。

旁邊的牆壁前面，用薄布覆蓋住一個巨大的物品。

薄布有一部分滑落了，因此我一眼就看出那是什麼。

「……鏡子？」

沒錯。我以為在動的，就是布滑落後露出的鏡面所反射出的，我自己。

老實說，我剛才真的很害怕。不要嚇我啦……

「啊！我知道了。這就是『淨玻璃鏡』吧？我記得，這是閻羅王用來確定罪人犯下哪些罪孽的鏡子……」

這個知識，我也是在準備上級獄卒考試時讀到的。

淨玻璃鏡指的是，閻羅王在裁量地獄罪人的罪刑，使用的一種特殊道具。

我將蓋在那個鏡子上的布全部掀開來。

下一刻，橢圓形大鏡面中完完整整地倒映出，我手握外道丸的身影。

「……哇～很華麗耶。」

宛如熊熊烈焰的紅色波浪狀鏡框相當氣派。

表面上有裂痕，看來是已經沒在使用的老物件，但那面鏡子有種奇特的存在感。我忍不住一直盯著瞧，移不開目光。

「咦……？」

就在那時——

好像傳來一道聲音，我慌忙環顧四周。

我擅闖此地的事，要是被閻羅王或書記官逮到，毫無疑問會丟了獄卒的工作。如果這樣，就沒辦法去無間地獄救真紀了。

可是，周圍沒有人。

四下安靜無聲，就只有我一人。
但那道聲音又再度響起。

『我好想你……』

那道聲音，是我極為熟悉，全世界最重要的人的聲音。
應該不可能吧？我這麼想，又轉回去鏡子的方向。
淨玻璃鏡上倒映著的，已經不是我了。
「茨……姬……大魔緣茨木童子……」
身穿漆黑和服，一頭長長的紅髮紮成三股辮子，缺了一隻手臂的女鬼。
剩下那隻手緊緊抱住外道丸，神情冰冷地瞪向這個方向。
我渾身繃緊。目光沒辦法從鏡面中倒映的那個人身上移開。
因為，我不認識茨姬的這一面。從未見過。
可是，她確實是茨姬——
「難道，這是這把刀……外道丸的記憶？」
我低頭望向手中的外道丸，緊握刀柄的那隻手不住顫抖。
淨玻璃鏡，具備讀取罪人記憶的能力。

閻羅王會根據那些記憶做出判決。

我猜想，從作為大罪人遺物的這把外道丸，大概也能讀取出主人的記憶吧。

我咬緊牙關，再次抬頭望向鏡子。

這一次，我下定決心，直直注視著她——大魔緣茨木童子。

「既然如此，請顯示茨姫的記憶！在我死後的，茨姫……」

我殷切地向淨玻璃鏡提出請求。

我死後，茨姫的模樣，她的遭遇。

我一直以為沒有方法可以了解過往的全貌。

儘管可以想像，也會聽其他人談起，但我絕對沒辦法與她共享那些年代的記憶。

儘管茨姫承受了漫長的痛苦和折磨，我卻連一分一毫也沒有機會體會的吧？

眼前倒映出的她那雙眼睛，極為冰冷。

即使透過鏡子，即使不願相信，都能感受到裡頭蘊含的殺氣，還有黑漆漆的妖氣。

眼前美得令人憂傷的茨姫，究竟是做了什麼才會墜入無間地獄？究竟是為什麼執著追求我的首級？

我想知道，至少，我該知道。

我發誓，無論我看見什麼，都不會別開目光，都會無條件接納。

或許是我誠懇的心願發揮效力，鏡面驀地放出一陣強光。

亮晃晃的光逼得我閉上雙眼時，意識被吸了進去。

○

放眼望去，只見滿布陰霾的天空，飄盪屍臭味的戰場。

還以為這是地獄的景色，卻並非如此。

這裡是現世。我們的世界。

時代，則是戰國時代。

真不可思議。眼前的狀況以及有關這個時代的資訊，一一自然在腦海中浮現。

透過淨玻璃鏡窺視記憶，大概就是這麼回事吧。

不光是視覺遭受衝擊，也聽得見狂風呼嘯的聲響，人類呻吟的聲音也隨處可聞。肌肉腐爛的臭味、血腥味、鐵銹味，也一一刺激著鼻子。

無數具身穿鎧甲的武士遺體，就無人聞問地橫屍荒野。

啊啊……

黑壓壓的天空下，黑血流成河，堆積如山的屍體上，那位女鬼佇立著。

「……茨姫。」

站在屍堆上，她手裡，緊握著外道丸。

那雙眼眸裡沒有光彩，雙頰及脖子都染滿鮮血。

儘管身穿喪服一般的黑色和服，也看得出她全身都濺滿敵人的血跡。她陷在如此沉重而混濁的漆黑之中，只有名為外道丸的那把刀，散發出妖豔的金屬光澤。

纏繞她身上的邪惡氣息，顯示出她確實是惡妖。

是茨姬製造出這座屍山的嗎？

那些屍體裡頭，有人類，也有妖怪。

「去你的，可恨的鬼女！叫作大魔緣的惡妖！妳為什麼為什麼為什麼為什麼！老是來妨礙我的霸業！」

狂怒的男性聲音響起。

是在對茨姬放話吧？

茨姬腳踩的屍體山下，有位武士用刀刺進地面，撐著身體奮力想站起來。相貌看起來相當年輕，可惜已是敗家之犬。

那傢伙，那個織田木瓜紋的家徽大魔緣對手是織田信長嗎？

阿水的確有提過，戰國時代時，茨姬的敵手是在妖怪界也以第六天魔王聞名的織田信長。

他雖達成一統天下的霸業，卻在本能寺之變中因明智光秀叛變，放火燒寺自殺。這段歷史非常有名。

不過當時，信長由於強烈的憎恨及野心化為妖怪，獲得了年輕又強壯的肉體，後來甚至被稱為第六天魔王，名列ＳＳ級大妖怪之一。

在這個時代，已是第六天魔王的信長因為渴望再度統一天下，便想將酒吞童子的首級弄到手。出於這個緣故，經常和茨姬正面交戰。

茨姬高高站在屍堆上，以冷酷無情的目光低頭看向可能是織田信長的那位男性。

「第六天魔王。你從人身化為妖怪，像你這樣是不可能打贏我的。」

「嘖。為了宰了妳，我與魔性締結契約才獲得這副怪物的肉體。即使這樣，我依然敵不過妳嗎……不可能不可能不可能不可能！」

織田信長憤恨跺腳，無比懊惱。

這人怎麼回事？跟歷史上的形象也差太多了……

「就算在人類世界統一天下，如果不能統帥妖怪，那就沒有意義了！只要有酒吞童子的首級，就有可能達成這個目標。玉藻前是這樣告訴我的！那個鬼的愛刀，我想要！想要想要想要好想要！」

「……」

「對了，不如我們合作，率領妖怪奪得這個國家真正的天下吧。大魔緣，不，茨姬。妳那強悍的身軀，就交由我來好好疼愛吧！」

茨姬的額頭浮出青筋，目光流露出我未曾見過的厭惡及輕蔑，發出駭人的笑聲。

「啊哈哈哈哈哈哈哈，先是上了玉藻前的當，然後又說想得到我？這也是那女人的策略嗎？你這個人類到底有多不知好歹，多愚蠢又多貪心……我愛的人，在這世界上只有一個！」

笑聲響徹屍橫遍野的荒地，又逐漸消散之時——

茨姬的怒氣宛如乍然霹下的雷電轟擊這一帶。

沉甸甸的妖氣壓得織田信長失去平衡。

他摔倒的姿勢，簡直像在朝前方的茨姬磕頭似的。

我看見的，是刀的記憶。即使只是記憶，空氣顫動、緊繃的程度，令人畏懼的強大妖氣，也緊緊壓迫著我。

她那副模樣，正是以大魔緣聞名遐邇的修羅之鬼。

「第六天魔王，你配不上他的首級，那是只屬於酒大人的東西——」

○

場景改變了。

下一個出現的，是需要抬頭仰望的巨大骸骨。

那是，髑髏嗎？

髑髏並非什麼稀奇的妖怪，我也見過幾次。但那麼龐大的倒是第一次瞧見，估計超過五十公尺高。

時代，是江戶時代中段。

江戶幕府用人工方式打造的巨大髑髏，就像一場災難，在江戶街頭粗暴奔走。髑髏追逐的對象，正是紅頭髮的女鬼。

大魔緣茨木童子在江戶街道由瓦片鋪成、連綿不絕的屋頂上奔馳，東奔西跑，躲避巨大髑髏的追趕。

茨姬似乎身負重傷，用單隻手臂緊抱住一個像是木箱的物品。

她不應戰，是因為光是逃，就已經拚上全副精力了嗎？

「我搶回來了！」

女鬼邊逃邊喊。

「從你們這些人類手中，搶回他的首級了！」

那是蘊含悲痛的叫喊聲。聽不出究竟是喜悅，還是悲哀……

有資訊流進腦中。

茨木童子接到消息，江戶幕府和陰陽寮正暗中聯手從事降靈的研究——而且是運用酒吞童子的首級。

因此，她潛進江戶幕府的研究機關，搶走保管酒吞童子首級的木箱。身受重傷逃出來時，江戶幕府放出人造生產的巨大髑髏來追捕她。

髑髏的攻擊範圍很廣。

整條街的商家全遭到破壞。

每當那副巨大身軀移動或揮舞手臂時，就掀起強烈陣風和劇烈衝擊，建築物、道路和橋梁一一毀損，地面也龜裂了。

那些人類多半看不見巨大的髑髏，卻哭天喊地四處逃竄。也有些人，拚了命要救出壓在瓦礫下的家人。

茨姬，就是在這種混亂情況下，氣喘吁吁地逃跑。

只是，茨姬心裡多半很在意那些無辜受牽連的江戶街頭居民。

儘管她成為大魔緣後，全身受邪惡妖氣纏繞，但偶爾瞥見人類慌張無措的模樣時，她就會露出難受的表情。她想必很清楚，自己必須盡快遠離這裡，不然沒有其他方法可以減少傷亡了。所以她才毫不遲疑地一直逃吧？

髑髏舉起巨大的骸骨拳頭向茨姬揮去。此時，從旁邊忽然竄出一條巨大無比的水蛇，咬住髑髏的肋骨。

髑髏受到突如其來的衝擊，身軀分崩離析。然而，儘管崩解也能立刻恢復原狀，正是髑髏這種妖怪的特點。只可惜，兩把刀閃耀著光輝，不給牠回復的時間就立刻再度進攻。

水連和凜音嗎——

茨姬趁兩位眷屬阻擋髑髏的機會，逃離敵方的視線範圍，終於成功擺脫追趕。

「呼啊、呼啊、呼啊。」

江戶街道的盡頭，水路橋的下方，茨姬就在那裡。

她將一直珍惜抱著的那個箱子放到地面，稍微順了順呼吸，伸出顫抖的雙手解開綑綁木箱的繩子。

稍遠處，已追上來的凜音和水連，安靜注視著她。

「……」

然而，打開的箱子裡放的是，只有一隻眼睛的小頭蓋骨。

「啊啊，又……錯了。」

鬼女垂下頭。

單手摀住嘴，忍不住哭泣。

她原本深信那個木箱裡頭放的是什麼，就連我也曉得。

肯定是，酒吞童子的首級吧。

「我好想你，好想你。真的好想你，酒大人……」

她蜷縮著身子，瘦削嬌小的肩膀顫抖不已，彷彿是昔日柔弱少女時期的茨姬，不停抽泣著。緊緊抱著那連屬於誰都不曉得的小小頭蓋骨。

光是看見她傷心啜泣的神情，我心痛得像是被鑿開一個大洞，滿是空虛和哀傷。親眼看著她哭泣的眷屬們，心情肯定也和此刻的我一樣吧。

我甚至忍不住要別開眼，但我已發過誓，會全程直視這一切。

○

場景又轉換了。

最先躍入眼底的是，巨大紅色燈籠上寫的「雷門」兩個字。

這裡是，淺草。

風神雷神門——通稱雷門，正前方，大魔緣茨木童子和身穿陸軍制服的金髮男子對峙著。那男人，是土御門晴雄嗎？

大魔緣茨木童子一直活到明治初期。

如同去年秋天在京都時，凜音告訴我的一樣。

我立刻確定，這裡肯定就是茨姬喪命的地點。

而那位男性軍人……

那張臉，和那頭金髮，我不可能會看錯。撇開打扮不同這一點，外貌和叶一模一樣。

土御門晴雄，就是擊斃大魔緣茨木童子，陰陽寮的最後一位陰陽頭。

名留青史的偉大陰陽師。

同時也隸屬於繼承了安倍晴明血脈的家族。既然有這一層淵源，臉長得像或許也很合理。不過，那個人就是他。

這是怎麼回事？不，沒什麼好懷疑的。

那個人就是叶，也就是，安倍晴明。

「到此為止了，茨木童子……不，茨姬。」

土御門晴雄開口。

「太漫長了。妳戰鬥得夠久了，就在此地安眠吧。」

就連淡然的語氣，都和那傢伙如出一轍。

然而，茨姬睜大盛滿怒火的雙眼，狠狠瞪著那傢伙。

「還沒！我還沒找到他的首級……」

茨姬的模樣已慘不忍睹。

骨瘦如柴，全身纏滿繃帶和符咒，也依然阻止不了肉體多處的腐爛。顯而易見，她的肉體已瀕臨極限，是活著也等同死亡般痛苦的狀態。

儘管如此，茨姬還是不放棄。

不放棄要見到我。

「你知道酒大人的首級在哪裡吧？土御門晴雄。不，晴明！」

茨姬清清楚楚地叫了眼前那個男人，「晴明」。

「還給我。把他的首級，你藏起來的首級，還給我，還我唔哇啊啊啊啊！」

茨姬揮舞外道丸，朝土御門晴雄砍去。

她的刀勢不帶一絲遲疑，我很清楚，那是要直取對方性命的攻擊。

沒想到，土御門晴雄卻沒有閃避那一擊，用自己的身體接下那一刀，讓茨姬的動作產生了瞬間的停頓。

那瞬間，他已經以自己和茨姬為圓心，展開了範圍廣大的結界，巨大的五芒星逮住了茨姬。

作為式神的四神分別站在結界的節點上，協助土御門晴雄的術法。有四神聽命，這男人是誰已不言而喻了。

土御門晴雄用雙手做出複雜的結印。

「oṃ·emaya·svāhā……namaḥ samanta-buddhānāṃ yamāya svāhā……」

他反覆誦念閻羅王、焰摩天的真言。

「急急如律令——恭請除穢、恭請淨化。」

下一刻，茨姬就遭一道火焰吞噬。

「啊啊啊啊啊啊！」

她的慘叫聲不絕於耳。不，那不只是慘叫，已是撕心裂肺的嚎叫聲了。

借助焰摩天的力量，以業火焚燒茨姬的身體，就連惡妖的汙穢之氣都燒成灰燼，如同白雪般飄盪在蒸騰熱氣中。

在所有退魔術裡，這大概是難度最高的一種了。

現在的我已經曉得，這正是連通地獄的術法。

「放心吧，茨姬。在未來，妳一定會見到他。會和他重逢的。一定。」

土御門晴雄告訴她。

「我一定會讓妳見到那個男人，我保證……」

他拖著身負重傷的身體，一步步走近。

朝向全身幾乎都被熊熊烈焰焚燒，模樣令人不忍卒睹的茨姬。

「對不起。對不起，茨姬。害妳一路受苦到這個時代，害妳化成了大妖怪。一切都是因為我做錯了選擇。才會連累妳們——」

土御門晴雄耗盡最後一絲力氣，當場倒地。

他的生命之火也要熄滅了。

他仰躺在地，輕觸受到致命傷的部位，手染上鮮血。

孱弱地用手指結印，似乎唱誦起某種咒文。他的聲音非常微弱，這裡聽不見。不過，八成是……泰山府君祭的祝禱詞吧。

他眼底的生命之光已然散去。

式神們聚集到他的身邊，哭著說「辛苦了」，「後會有期」。

至此，透過外道丸讀取的記憶畫面，忽然像電視關機一樣瞬間消失，我眼前只剩一片黑暗。

儘管視野全黑，我依然看得見燒盡茨姬的那道火焰。

茨姬命喪淺草，而與她糾纏多年的敵手，那個男人，也是在這塊土地上斷氣。

所以，才會是「淺草」吧。

我們投胎轉世、註定重逢的地點，早在那時就已經決定好了吧——

○

淨玻璃鏡透過外道丸這把刀，讓我親眼見證茨姬昔日一場又一場的戰役。

她的臨終。

在超過八百年的漫長歲月中，一心追尋酒吞童子的首級奔走於日本全國，穿梭在各段歷史場景之中，史上最邪惡的惡妖——大魔緣茨木童子。

她在那些壯烈的戰鬥中，犯下數不清的罪孽，奪去大量生命。
會墜入地獄是理所當然的事吧？
任誰來看，都會說她是「罪有應得」吧？
「可惡……可惡……」
我杵在淨玻璃鏡前，死命握住外道丸，咬緊牙關，淚水滑過面頰。
居然在地獄才終於明白。
茨姬的痛苦和無助。
因為我的死，因為我的首級被人奪走，而展開漫長的征戰之路。
如果不是像這樣親眼看見，根本沒辦法真正了解。
她作為大魔緣戰到最後一刻，內心所懷抱的覺悟，最後的悲劇結局，還有茨姬因此背負上的，沉重而龐大的業。
至今，我到底曾為真紀做了些什麼呢？
這般惦念我，深切盼望再見到我，因而身陷無盡戰役的女子，我一直以來到底做了些……
「我好想妳……」
我也想見妳，真紀。
我好想馬上見到妳，在道歉前，先緊緊抱住妳。
儘管此刻痛苦得好似胸口撕裂一般，我也慶幸能得知這一切。

我所能做的，就是在了解一切過去後，仍舊追在真紀身後。

我賭上這一生，這次一定要讓真紀幸福。

就算現在我還不知道要如何實現這個願望，也很清楚這並非易事，但我深深發誓。

那絕非出於對真紀的虧欠，或者是想補償她。

那是我自己也真切盼望，期盼打造的未來。

第六章

叶的真實身分

好半晌，我就一直杵在淨玻璃鏡前，垂著頭。

手中依然緊握的外道丸尚有餘溫。想必是方才讀取了記憶，還處在激發狀態吧？

或者，是我的體溫呢？

我沒發出聲音，但淚水仍舊止不住滑落。

可是，不管我多麼懊悔，大魔緣茨木童子已經死了。在明治初期就死了。

因此，面對已經死去的她，我再也不可能做些什麼。

眼前我必須做的，是救出現在還活著的茨木真紀。

為了救她，我此刻該採取的行動到底是什麼呢？

我想，應該是去了解那個男人。

「小野篁、安倍晴明、土御門晴雄……叶冬夜……」

我依序念出他曾用過的名字。再拭去淚水，試圖平復心情。

那個男人……即使生存的時代和使用的名字不同，長相和聲音全都一模一樣，也都擁有一頭金髮。

一切都是因為我做錯了選擇，才會連累妳們——

他身為土御門晴雄時，在臨死前吐露了這句話，向茨姬懺悔。
我完全無法理解這句話的意思。
但我明白了一件事，那就是，那個人也是叶。
叶絕非安倍晴明的轉世而已。
那個男人在歷史上乍看隨機地一次次轉世，實則插手了我們的命運。
「你看過外道丸的記憶了嗎？酒吞童子。」
「？」
我抬起頭，淨玻璃鏡也映照出我身後那男人的身影。
我現在最渴望交談的叶。
我緩緩回過頭。
「你老是這樣……無聲無息的，卻總挑剛剛好的時機出現。」
沒錯，叶冬夜這個男人，就是這樣。
叶站在稍遠處，眼神帶著試探，我率先發難。
「我就單刀直入地問了，叶，你究竟是何方神聖？」

那是橫跨千年的謎。

「小野篁、安倍晴明，還有土御門晴雄——全部長得和你一模一樣。究竟哪一個才是真正的『你』？」

我只能這樣問了吧。

「拜託。回答我。現在的我應該能夠懂了。」

「……」

這傢伙以前曾對我說過，「現在的你是不會懂的」。

當時我還在心裡暗罵，這傢伙有夠沒禮貌。不過，直到這一刻，我才終於明白那句話的含意。

他是對的。如果我不曾親眼看過昔日發生的一切，如果不是落到這種局面，光聽他說，我也沒辦法理解。我不會相信的。

儘管他還沒親口證實我的猜想，我也能清楚感受到這一點。

「我話說在前頭，安倍晴明只是恰巧最出名而已，但那也不過是我在一個時代裡的身分。小野篁、安倍晴明、土御門晴雄……還有現代的叶冬夜，全都是我。」

叶的語意和平常一樣模稜兩可。不，他就是故意講得這麼模稜兩可的吧？

不過光憑這句話，我就確定了一件事。

「你果然轉世過很多次吧？」

到底經歷了多少次……多少次轉世，才變成今天的叶呢？
這傢伙的真實身分，究竟是什麼——
「哼。我還以為這件事應該誰都曉得，至少也聽說過吧，說安倍晴明是狐狸之子什麼的。」
「狐狸……？這個呀，沒錯，千年前在平安京的確有這種傳聞。」
安倍晴明是狐狸之子。那是因為與生俱來的金髮、眼神，還有這傢伙獨特的存在感，令當時的人懷疑他是妖怪。
可是看在妖怪眼裡，這傢伙毫無疑問就是人類。
我怎麼看，也都覺得這傢伙就是人類。
他是狐妖這種想法，我連一丁點都不曾有過，但此刻，我忽然靈光一閃。
「難道你……你的『真實身分』是狐狸嗎？」
話溜出口後，我忍不住單手掩住嘴巴。
因為我有一種感覺，這好像就是將所有事連在一起的，最後那一片拼圖。
像是只要知道這件事，一切就都串起來了，內心撼動不已的感覺……
「嗯，正確答案。」
叶以一貫風格淡然回答。

他緩緩走近，站在淨玻璃鏡前，凝視著自己的身影。
我也看向鏡面倒映出的叶的身影，深受衝擊。
因為鏡中的他，是一隻有金色耳朵、九隻尾巴的狐妖。
「我的真實身分，就是九尾狐。」
「九尾狐……？那不是……？」
「對，和水屑一樣。不過，我現在已經徹底變成人類了。轉世成人類太多次了。」
「……那個，我頭腦開始打結了。」
「也就是說，我和水屑擁有類似的力量。就像她有九條命一樣，我也有九次轉世的機會。我和她，是同類。」
「……」
他說得太過乾脆。
內容卻又太過震撼。
我只能瞪大雙眼，嘴巴無意識地開了又閉，閉了又開，愣在原地。
這種話，這傢伙為什麼能說得如此輕描淡寫呢？
叶說話的語氣好似這並沒什麼大不了，可是這傢伙簡直太詭異了，詭異到相較之下，我相隔千年從鬼轉世成人這件事，只像一個可愛的小插曲。
「不，不不不，等一下。這到底是怎麼回事？」

我雙手抱頭，要他再次說明。

叶翻了個白眼，露出遇上本世紀最大笨蛋的神情。

「什麼怎麼回事？我不是才剛向你坦白，我的真面目就是能夠轉世九次的九尾狐。」

「不是這個。我想說的不是這件事。如果你是那麼厲害的大妖怪，為什麼現在要當名叫叶冬夜的人類。你的目的到底是什麼！」

沒錯。我就是搞不懂這一點。

叶的目光移向旁邊，回答時的語調不帶太多情緒。

「我之前就說過了吧。我是為了讓你們獲得幸福，才會待在這裡。」

聽見叶的答覆，我忍不住抬高聲量。

「我就是搞不懂這一點！你到底是我們的什麼人！」

我逼近叶，一把揪住他的胸口，進一步追問。

「我應該沒記錯吧！千年前，你身為『安倍晴明』，害我們大江山全體妖怪深陷苦海，消滅了我們的國度對吧！然後，這一世你又大言不慚地嚷嚷著要讓我們獲得幸福。你究竟是夥伴，還是敵人，還是兩者皆非，我實在搞不懂。」

我不是憤慨。

也並非悲傷。

只是，希望這男人的存在，有一個答案。

目前為止，我想像過很多種可能性。性格飄忽、難以捉摸，卻又幾乎每一次都會出手干預我和真紀的人生，這個男人到底是誰？

我極力克制節節高漲的情緒，接下去問：

「如果我的推測正確，讓我和真紀轉世到這個時代的就是你，叶，對吧？」

「……」

「你以『小野篁』的身分和地獄接上線，再作為『安倍晴明』習得泰山府君祭。搞什麼，巧合也太多了。簡直就像是在為了這個時代做準備，不斷投胎轉世似的！」

「遲鈍的你居然能想到這些，算是相當不錯了。」

「你說誰遲鈍。」

不，或許我真的很遲鈍。

不對，那個跟這個沒關係吧。拜託不要再用那種望著本世紀最大笨蛋的目光看我。

沉默了好半晌，終於，叶才回應「沒錯」。

「讓酒吞童子和茨木童子轉世到現世的人是我。我動了手腳，讓你們兩個在同一個時代、同一個地點投胎成人類。至於為什麼呢？因為，我把一切全都賭在這個時代。」

「……啊？」

「一切，都是為了消滅水屑。」

叶吐露的內容，令我不自覺睜大眼。

那是遠超乎想像，完全出乎意料的答案。

不過，拼圖一片片湊起來了……

「為了……消滅水屑？」

「為了這個目標，我必須讓酒吞童子和茨木童子這兩個鬼轉世為人類。」

他這句話的含意，我還是不太明白。

只是，有一件事我聽懂了，這傢伙的目標。

打倒水屑。

說起來容易，實則極為困難。

水屑「擁有九條命」，即使成功殺死她一次，也沒辦法徹底消滅她。考量到她的這種特殊能力，這個男人之所以必須經歷重重轉世，耗費如此漫長歲月的理由，也就不難理解了。

「……唉。」

叶重重嘆了口氣，手插在腰際。

「我知道總有一天得跟你解釋，但事到臨頭，卻不曉得該從何講起才好……是說，現在還有必要向你說這些嗎？」

「等、等一下，我拜託你行行好，叶。話都說到一半，就別再賣關子了。快點解釋！你好歹也算一位教師吧！」

「……」

他一臉提不起勁的樣子沉默著。

叶正要切入重點卻陷入猶豫，我只好厚著臉皮盧他，一次又一次懇求他。不停地哀求，拜託啦。你都說到這裡了，就告訴我嘛。這是我一生一世的請求。

「說的也是……」

叶好像終於有一點意願了，開始娓娓道來。

「那麼，就從許久以前我和水屑究竟是誰說起吧。如同剛才說的，我和水屑是九尾狐。我們並不是現世的妖怪，而是名為『常世』的異界的妖怪。」

「咦……？」

又冒出了意外的答案。

我雖沒去過，但自然也曉得「常世」的存在。在準備上級獄卒考試時，也有讀到這部分。

高天原、黃泉之國、現世、隱世、常世、地獄——

這六個世界，組合成一個巨大的世界體系。常世，和現世一樣，都是生者的世界，我記得曾經聽說，那是個人類與妖怪長年爭奪霸權的混沌世界。

還有，由於無止盡的戰事，人類和妖怪都失去了棲身之所，那個世界已窮途末路。

「沒錯。常世，是個早已邁向滅亡的世界……我接下來要說的，是異界的歷史課。酒吞童子，你仔細聽好。」

他像是忽然想起自己是位教師，端出老師的架子，同時流露出凝望遠處的眼神，開始幫我上課。

「常世——在那個世界裡，戰爭已持續太久，始終沒辦法結束。你聽好，那是，人類與妖怪之間的戰爭。」

叶像在強調這裡是重點似地特別加強語氣。

「漫長的戰役催生出專門針對妖怪的兵器，以及專門針對人類的兵器。你們大江山的妖怪在千年前喝下的『神便鬼毒酒』，也是常世研發出來對抗妖怪的一種兵器。」

「這……」

這項事實太具衝擊性了。

但「神便鬼毒酒」確實具備封印妖怪靈力的力量，而且喝下後立刻見效，才會迫使大江山的妖怪徹底屈居劣勢，終至滅亡。

「在常世，每當戰火掀起，總會撼動大地，讓原先沉眠在地底深處的邪氣散逸至地面上。邪氣外漏的土地，就不再適合人類及妖怪居住。就像地獄的邪氣，也只有鬼承受得住一樣。能安居的土地愈減少，大家就愈拚命爭奪土地，戰爭也隨之惡化。常世這個世界，就陷入這種惡性循環之中，跳脫不出來。」

叶從懷中掏出紙筆，簡單畫出像是常世地圖的圖案。

那張地圖，和現世的世界地圖頗為相近，卻又處處略有差異。

上面也有一個面積稍大、像是日本的島國，卻不知為何缺了九州那一塊。就像這樣，總有什麼地方不一樣。

叶伸手指向那個沒有九州的日本列島。

「這裡，就是常世中的『妖怪之國』，叫作天津國。」

「天津國？常世的妖怪之國，只有那裡而已嗎？」

「對。以前有更多妖怪的國度存在，但大半都滅亡了。現在只剩下天津國了……而君臨天津國頂點的，就是『九尾狐一族』——」

叶用手指在地圖上的島國咚咚點了兩下。

「我原本也是生活在天津國的九尾狐，只不過，我還是九尾狐時，天津國是由其他妖怪稱王統治的國度。你知道是什麼妖怪嗎？」

「不知道……」

我搖頭。叶揭曉答案。

「和你一樣，是鬼。」

「……」

叶說，在許久以前，常世力量最強大的妖怪是「鬼族」。

那為什麼妖怪的霸權會轉移到九尾狐手上呢？

是起內鬨了嗎？

叶像是察覺到我內心的疑問，淡淡道出答案。

「很久以前，九尾狐一族策劃要推翻鬼族的王。九尾狐靠陰謀引發了一場全面叛變，從此統治天津國的種族就從『鬼』變成『狐』。理所當然地，常世的妖怪也就聽命於九尾狐。鬼族失去威信，被視作害蟲趕出常世。據說遭常世放逐的那些鬼，後來就逃到了現世和隱世，也有很多鬼跑到地獄來避難。畢竟對鬼而言，地獄是最適合生活的世界了，找工作也很容易。」

這、這倒是……地獄裡有各式各樣只有鬼能勝任的工作。

只要當上獄卒就是公務員了，不愁沒飯吃。

「嗯？等一下。常世妖怪悲壯的歷史，我大概了解了。可是，這到底和現在的你，又和我們有什麼關係？」

「別著急，酒吞童子。一切都有關連。」

叶在眼前那張紙上畫了一隻女狐狸。

有幾分水屑的神韻，似乎的確是水屑。他不愧是現任教師，畫得還滿好的……

「首先，這個水屑。」

叶指向自己畫的水屑。

「在天津國發動大型叛變，將霸權從『鬼』搶到『狐』手中的，正是女狐水屑。水屑是九尾狐一族出色的諜報員，差不多就是個間諜。」

「間諜……？」

「那是水屑的專長。那傢伙在現世也幹了不少類似的勾當。」

確實，水屑是中國古代知名的惡妃「妲己」，平安時代的大妖怪「玉藻前」，在現世歷史上赫赫有名。

「水屑一直在做的，就是接近一國的掌權者，促使那個國度滅亡。沒錯，就這一點而言，大江山的悲劇也一樣吧。」

「……」

我在短暫沉默後，才終於擠出一點聲音。

「水屑為什麼要這麼做？」

「我剛說過了吧，常世已是末日世界，適合居住的土地十分稀少。整個世界崩壞只是遲早的事，常世的各國都需要新土地。」

叶表示。

特別是妖怪那方，在與人類的戰爭中處於極端劣勢，已經被逼到沒有退路的地步了。

「簡單來說，水屑肩負的任務，就是在現世打造一個妖怪的國度。破壞現世目前的平衡，在現世重新建造一個『妖怪之國』。」

為了日後萬一常世覆滅時做準備。

為了讓常世的妖怪，無論未來走向如何，至少都可以逃來此地生活。

叶淡淡吐出這些話。

我感覺自己像是聽了一部科幻電影的故事內容，一丁點現實感都沒有。

我也猜想過，叶該不會是編了個故事吧？可是，這些內容和水屑至今令人費解的行動，卻又高度吻合。

只是……

「叶，你也是常世的九尾狐吧？既然常世的妖怪面臨生死存亡關頭，為什麼你要追殺水屑？水屑把現世搞得一團亂，不是正好如你們的意嗎？」

「我剛沒說喔？九尾狐原本是侍奉鬼的一族。」

「咦……？」

這件事我可沒聽過。

叶不理睬我的疑惑，臉上漸漸流露出懷念的神情，說道。

「鬼是王的話，狐狸的地位差不多就是宰相。對於常世的妖怪而言，鬼當王的時候生活還算和平、安樂。因為鬼王的目標，是和人類締結不戰爭的和平協定。」

然而，得知此事的九尾狐奪走王位，把鬼族趕出常世。

「不過在九尾狐的族群裡，仍有少數並未忘懷當初效忠鬼王的赤誠之心，而我，就是傾向這一方。而且……在我體內，也有微量的鬼因子。」

叶說明時，注視著自己的手。

正因為擁有鬼因子，這傢伙才能若無其事地待在地獄裡吧。

「我的所有行動，都是在避免常世的戰火蔓延到現世來。阻止水屑是我的職責，但光靠我一個人，沒辦法打倒水屑。」

「為什麼？你要打倒水屑是輕而易舉吧。」

「當然，我殺了那女的好幾次。畢竟她的九條命裡，我就奪走了三條。」

三條……

這個數字喚起我的記憶。印象中我曾聽過，真紀還是大魔緣茨木童子時，取走了水屑的三條性命。也就是說，加上這傢伙，總共是六條。

難怪，這一世再遇見水屑時，她的尾巴只剩九減去六的三條了。尾巴的數目，就代表了水屑僅剩的性命。

「既然這樣，你自然有能力打倒水屑不是嗎？你可是最強的陰陽師安倍晴明。實際上，你至今也成功殺掉她三次了吧？」

聽見我這番任何人都會認為極其合理的發言，叶輕蔑地笑了。

「太天真了。那女人每次轉世，都會變得更強。尤其現在，她只剩最後一條命時，最強。」

「咦……？」

什麼奇怪的角色設定。

簡直像電動遊戲裡血愈少就愈強的大魔王一樣。

「你可能難以置信，但這是事實。所以那傢伙之前才會意外乾脆地被你和你的部下殺死。她可能是認為就算只剩最後一條命，既然能獲得更強大的力量，也就死不足惜吧。」

「那、那不是太糟糕了嗎？常世的九尾狐全都是這種怪物嗎？」

「我都做到這種地步，還沒能徹底殲滅她是事實。那女人逃得又快，常常一躲就是一、兩百年，所以才會花了這麼長時間……」

叶再次轉向我。

他的神情已截然不同，十分殷切。

「酒吞童子，你或許現在還認為我是最強的陰陽師，不過，其實我已經沒剩多少力量了。我已經轉世九次了，隨著每次投胎，就會一點一滴忘記原本的模樣，失去原本的力量。我是這樣，和水屑正好相反。」

「叶，你……」

「不過，如果有誰可以打倒那傢伙，不是『人』，就是『鬼』。因為人類是常世妖怪的天敵，而鬼，原本地位就高於狐狸之上。」

叶又接著說。

只可惜，光打倒水屑還不夠。

水屑的背後，是整個常世的霸權爭奪。

就算殺了水屑，只要常世那群妖怪不放棄搶奪現世，就還會遇上類似的威脅。

「所以，必須讓對現世虎視眈眈的那些常世妖怪看清楚。在現世，有『鬼』守護著人類和妖怪，而且人類和妖怪，也攜手守護著和平。」

「……」

「必須讓他們知道，和平共處的世界是存在的。」

這裡頭似乎也埋藏著叶的心願，他想傳遞的訊息。

一直以來，我都看不透這傢伙的目的，總以為他很神祕，以為他根本沒有感情可言。

不過，如果他剛才說的全是真的，那麼這男人或許比任何人都清楚自己要什麼，為目標一步步布局至今。正因為這傢伙擁有強大的信念，才能將水屑逼到今天最後這個局面。

只是，這樣一來，我們千年前的那場戰役只不過……

「欸，叶。」

我的聲線低沉。

「那樣的話，千年前我們只是被牽連進你們常世的霸權爭奪戰，無辜被利用了而已嗎？就因為這個緣故，害得我們國破人亡？你是說，那場悲劇是因此而生的，是嗎？」

聲音顫抖。

叶靜默了一會兒，才用平淡的語氣回「對」。

「水屑的打算是，先博取酒吞童子的好感，再反過來操控他，奪取適合妖怪居住的狹間之國，當作進攻現世的踏板。但酒吞童子不受水屑的控制，一心一意只愛茨姬。不僅情況沒有按照水屑的期望發展，酒吞童子也無意占據人類的世界。」

「……所以水屑才會背叛我們嗎？」

「對。水屑決定放棄狹間之國，把狹間之國的資訊賣給敵方。把自己放棄的國家搞得天翻地覆，步向滅亡，就是那傢伙一貫的伎倆。」

我緊咬住牙。

我不可能忘記千年前那場悲劇，悽慘的結局。

「要是放棄了……自己離開不就好了嗎！」

我將對水屑的怒火，朝叶吼出來。

「玩具要先弄壞再丟掉，是那傢伙的作風。避免成為日後的威脅。」

「開什麼玩笑，少開玩笑了！」

「你的心情我很了解。其實，要是我千年前就能打倒水屑，那一切就解決了。可惜，當時水屑更勝一籌，在那個時代，我不僅沒能逮住水屑，也沒能救你們。所以才會把一切賭在下個時代。我對你們，對大江山的妖怪，見死不救了。」

「……」

「對不起。全部都是我的責任。」

無法言喻的複雜情感在心中衝撞。

可是，事到如今，就算把怒火都發洩在這傢伙身上，過去也不會改變。

這傢伙也沒有義務要保護我們。

沒能好好保護我們的過去，原因出在我太天真。

我太相信夥伴。我的能力不足。

我知道。我很清楚。

因此我將憤怒緊緊握在手中，竭力壓抑瀕臨潰堤的情緒，避免那些痛苦化為對叶的攻擊。

「……可是，水屑和我都沒料到一件事。那就是『茨姫』的存在。」

聽見叶這句話，我猛然抬起方才一直低垂的頭。

因為突然出現了茨姫的名字。

「即便經歷大江山那場戰役，茨姫也存活了下來，後來還變成大魔王茨木童子，獲得巨大無窮的力量，親手討伐仇敵，不僅長年追殺水屑，也絕對不原諒我。」

「茨……姫。」

我陷入思考。

沒錯。茨姫……我又朝叶拋出疑問。

「茨姫……茨姫，對，她變成鬼的時候，安倍晴明做了什麼？打算把她怎麼樣？把她關在地牢，讓她吃盡苦頭不是嗎……？」

我現在還記得一清二楚。關在地牢裡的茨姬骨瘦如柴，因符咒而承受劇烈痛楚，哀求我殺了她的身影。

從叶的反應看來，他還記得這件事。他微微垂下目光。

「那是為了讓她變回人類。」

「……」

「除了讓肉體虛弱到極點，沒有其他方式能讓化成鬼的人變回人類。可是……到頭來還是沒能阻止茨姬化成鬼。一切，都是我做了錯誤的選擇。」

叶向我解釋。

許久以前，遭常世驅逐的那些鬼逃亡到現世，假扮人類，與真正的人類生下孩子。這是為了和人類共存。

那些孩子及他們的後代身上就寄宿著鬼因子。擁有鬼因子的人類，如果遇上劇烈的精神壓力，就有極低機率會變成鬼。

尤其平安時代，化為鬼的人類不在少數，我和茨姬也都是。

簡單來說，也就是我們的祖先有某一人其實是鬼吧。

「哈哈……」

我乾啞的笑聲空虛地迴盪。

「如果是這樣，那我也做錯選擇了。」

接著，我靜靜地跌落地上。

雙手摀住臉。透過指縫看見，昔日的自己所犯下的錯誤。

「如果當時我沒有帶走茨姬……說不定茨姬早就變回人類了……」

按照叶的說詞，只要繼續等待茨姬虛弱到極限，她說不定就變回人類了。

這樣一來，她就能以人類的身分繼續生活，也不需要經歷大江山那場悲劇。後來也不至於變成惡妖。

也不會在那麼漫長的光陰裡，一心執著於酒吞童子的首級，陷入數不清的戰役，最後痛苦地死去。

也不會墜入地獄了——

「如果我和茨姬沒有相遇……如果我沒有愛上她……如果我沒有帶走她，娶她為妻……」

真相揭露出的事實，如此殘酷。

從一開始，就全盤皆錯。

結果，是我，是我的選擇，害得真紀一直受苦。

內心對自己失望透頂，我幾乎要落淚。原來犯下無法彌補的罪孽的，並非茨姬，而是我。

沒錯。只要我沒有喜歡上茨姬，事情就不會發展到這個局面。

「不是這樣的，酒吞童子。」

叶單膝著地蹲在我面前，搖頭。

「對現世這個世界來說，是必須的。你們的結合是必然。」

「……必然？」

「從結果來說，這件事對水屑帶來了威脅。正因為酒吞童子和茨姬相遇了……」

原本垂著頭的我，忽然抬起頭。

叶抓住我的肩膀，語氣激動地說。

「而且，茨姬根本不會希望自己那一生沒遇見你吧。就算當時茨姬順利變回人類，她的內心也死了。我實在不認為那之後，她能過上幸福快樂的人生。」

「……」

「你拯救的，不是只有茨姬的性命而已。你治癒了那顆幾乎破碎的心，給了她希望。你難道忘記了茨姬在狹間之國幸福度日的模樣嗎？」

沒有。

我立刻就能想起。

變成我的妻子後，茨姬展露的笑顏，流著淚說自己好幸福的身影。

相互傾訴的愛語。那個聲音，那份溫暖。

「明治時代的初期……當時我是名叫土御門晴雄的陰陽頭，手刃大魔緣茨木童子後，我也身負重傷死去。就如同你在那面鏡子裡看見的，當時我向茨姬發誓，一定會再讓她見到酒吞童子。」

那是土御門晴雄向茨姬說的最後一句話。

我也在窺視淨玻璃鏡時聽見了。

——放心吧，茨姬。在未來，妳一定會見到他，會和他重逢的，一定。

——我一定會讓妳見到那個男人，我保證……

「茨姬一直以來的心願，就只有這件事。如同愛上你的少女時代，純粹地，只是想再見你一面。」

「……」

「到頭來，要推翻龐大的結構，要逐步改變現實，最需要的還是這種源自於『愛』的力量。我一路看著茨姬貫徹對於酒吞童子的愛，才明白這一點。」

這席話太不像叶會說的話，我忍不住懷疑自己的耳朵，愣在原地。

「……你也會談愛？」

「什麼？就算是我，也有愛啊。」

而叶出人意表地神情明朗道。

「如果沒有愛，根本不會有想讓你們獲得幸福的想法。」

這一刻，我似乎窺見了叶真正的面貌。

直到今天，原本總是刻意保持神祕的這男人，終於向我坦白所有的真相。

我明白，這也代表叶想在這一世將一切做個了斷的決心。

至少，今後我不可能再對他心懷憎惡、憤恨，就算心中依然殘存著一絲自卑也一樣。

他讓我和真紀在這一世重逢。

給我們追尋幸福的機會。

這個男人做了這些，這樣就很夠了。

而且，這男人也——

既然第九次的轉世是「叶冬夜」，那這傢伙的人生，也將在這一世止步了。

第七章 直到地獄的盡頭

八層地獄的最底部。

罪孽最深重的罪人會被打入的地獄，稱作「無間地獄」。

罪人為了獲得投胎轉世的機會，必須先面對地獄的刑期。一旦在地獄的刑期長短定案後，必須熬過酷刑，有一天才能投胎為新生命。

可是墜入無間地獄的罪人，必須在那裡待上從宇宙誕生到死亡，可謂是永恆的時間，永世不得超生。

真紀所背負的罪孽就是如此深重。

我能做的，就只有去找她。

就算那裡是地獄的盡頭也一樣。

地獄的第一層到第七層，有一般鬼也能搭乘的地下鐵。

不久前，這個地下鐵被鬼蜘蛛一族劫持大鬧了一場。後來，遭到破壞的鐵軌和車廂都修復完畢，現在又恢復正常行駛了。

我搭乘這個地下鐵到第七層，然後再轉乘僅限上級獄卒搭乘、從第七層通往第八層的特急列車。

無間地獄就是這麼可怕，聽說除了受過特殊訓練的獄卒，其他鬼要是輕易闖入，就算不是罪人也會精神崩潰。閻羅王的實習書記官秋雨也曾提醒我要多小心。

「這裡就是……無間地獄……」

階層改變的瞬間，列車鑽出地層，這個世界的景色躍入眼底。

窗外的景色讓所有新上任的上級獄卒全都說不出話來。

無窮無盡的彼岸花爭相綻放的平坦世界。

除此之外什麼都沒有，駭人又荒涼之處。

在第八層，獄卒的根據地就在和地下鐵車站相連的地下街。規定明載只有出任務時，才能去地面上。

會立下這種規定，也是因為在無間地獄綻放的彼岸花蘊含了強大的鬼因子，十分危險。

聽說要是罪人中了彼岸花的毒素，會看見恐怖的幻覺，陷入昏迷，在夢中看見生前的記憶。

光聽這番描述，可能會覺得這不是比其他層的酷刑來得輕鬆嗎？不過，當罪人醒來，認清自己其實身在空無一物的地獄，就會因現實深受絕望與空虛的折磨。那就是彼岸花的毒素造成的效果。

夢境提供的幸福，以及清醒後的絕望——虛無。
無止盡地在兩種心境之間輪迴，人的內心會受到侵蝕，逐漸失去生前的記憶和自我人格。這代表的意義是，墜入無間地獄的大罪人，如果不先將內在全部歸零，變成全新的魂魄，就不可能讓他投胎轉世。
老實說，我也不確定真紀是否還記得我。
搞不好她已經不是我認識的那個真紀了。
儘管如此，我還是想見她。
說起來，自從在淺草和真紀重逢起，我們是第一次分開這麼長的時間。
過去，待在彼此身旁，對我們就是如此理所當然的事情。

我們才一到第八層——
「是大魔緣茨木童子！大魔緣茨木童子出現了！你們這些新人也要出動！」
那些上級獄卒前輩神色慌張地跑過來，向我們這些新來的上級獄卒發號指令。
當時我正在類似車站休息室的地方保養外道丸。
啊，沒錯。就是酒吞童子過去的佩刀，外道丸。
我借來了閻羅王收藏的這把刀，帶進無間地獄。

閻羅王發現這件事只是時間早晚的問題，但叶說我帶著這把刀應該比較好。

「真紀，妳等著……」

我將外道丸插進刀鞘，和其他獄卒同伴一起來到彼岸花豔麗綻放的地表。

「唔哇……」

「咳咳咳。」

一踏出外面，獄卒們立刻頭暈目眩，嗆到的也有。我是沒什麼影響，但有感覺到肌膚刺痛的不適感。

這就是無間地獄……

儘管鬼是唯一能夠承受地獄邪氣的生物，但無間地獄的邪氣之濃，非上面七層能夠相提並論的。爭相盛開的彼岸花吸收地層的邪氣，又將毒素釋放到空氣中。為了避免受毒素影響，我們都有事先施過術……

相反地，墜入這一層地獄的罪人，在一開始被上級獄卒抓住，登錄罪人編號後，就會施加讓彼岸花毒素更易發揮效果的術法。

不過真紀依舊在無間地獄中逃亡，還沒被施過那道術法。

因此，上級獄卒才會為了捕捉真紀而疲於奔命。

閻羅王曾說過，這種情況在地獄前所未有。但我發現真紀之所以能在這種地方，一再逃過獄卒追捕的理由了。

「在那裡！她在那裡！」

開滿彼岸花的無間地獄原野中，一位上級獄卒大喊。

在他指的方位，有道黑影掠過花田。

光是瞥見那一瞬間的剪影，我立刻就捕捉到她的輪廓。

——大魔緣茨木童子。

那絕對是我之前在淨玻璃鏡中看過的大魔緣茨木童子。

真紀是以大魔緣的模樣墜入地獄。

「站住！不要跑！」

「叫百目！去叫百目過來！」

那群上級獄卒手握著刀，散開至彼岸花原野各處。

我還看見有位上級獄卒吹起法螺貝進行召喚。

他在召喚百目，那是只存在於地獄中的式鬼。

百目正如其名，是擁有數以百計的眼睛、屬於巨大機關人偶的鬼。在無間地獄裡，活生生的獄卒能自由活動的時間受到限制，平時就會放許多百目出來巡邏。

不過，搶在所有獄卒和百目前面，朝大魔緣茨木童子直直奔過去的，是我。

待在這裡的罪人，就算能成功逃過獄卒的追捕，也絕對逃不過嬌豔彼岸花帶來的酷刑。

那些毒素肯定早已傷害了茨姬的魂魄，削去了她的感情、記憶和人格。

我必須盡快帶她離開這裡。

「等一下，茨姬！」

我朝逃跑的茨姬伸出手，可是下一瞬間——

有個龐然大物從上方重重落下，那股衝擊力道將我和茨姬向左右震開。

長得像不倒翁，沒手沒腳，卻有鬼的角與牙齒。

外表如其名，表面有數以百計的眼睛，機關人偶類的鬼，百目。

『有沒有不聽話的壞孩子啊～』

詭異的機械聲轟然作響，百目框啷框啷地滾動，朝茨姬追去。

不過茨姬擺出正面應戰的架式，高舉手中的刀，輕而易舉地將那隻機關鬼劈成兩半。

「什麼？」

新來的那些上級獄卒深受衝擊。

因為我們學過的知識是，百目以地獄的超合金打造而成，沒辦法輕易砍斷或破壞。變成幾塊廢鐵的百目身上，數以百計的眼睛慌張地眨動，嘴裡喃喃叨念著『壞孩子、壞孩子』。

茨姬一腳狠狠踩住模樣悽慘的百目，站了上去，居高臨下靜靜望著我們這些獄卒。

「……」

風緩緩吹動她身上宛如喪服的衣裳，紮成三把辮子的長髮，以及額頭上貼的大魔緣符咒。

茨姬和獄卒，誰才是被盯上的那個獵物呢？

雙腳被釘在原地，喉嚨發不出一絲聲音。令人屏息的沉默，感覺上持續了很長一段時間。

啊啊，妳是……

「大魔緣……茨木童子……」

隨風飄動的符咒下，她冰冷睥睨一切、燃燒般的鮮紅雙眸清晰可見。

極其駭人，卻極其美麗。

要是輸給那雙眼睛，就算同樣身為鬼，就算是上級獄卒，也會忍不住自慚形穢。

要凍結心臟般的視線。

就連我也從來不知道她有這樣的眼神。

她手中那把刀的刀刃有缺口，多半是從獄卒那搶來的吧。看來她經常握住刀刃，用自己的鮮血浸濕刀身。

現場所有獄卒都被茨姬強大的氣場震攝住了，內心瀰漫恐懼，說不出話來。

她見機，架起刀。

啊，糟糕。這個姿勢是打算揮出場外再見全壘打，把所有鬼一起擊飛。

「等等，茨姬！住手！」

我的呼喊無濟於事，茨姬用那把刀畫出一個大大的圓弧，朝斜下方強勁揮落。

下一刻，靈力波動排山倒海而來，將散落在廣大範圍的獄卒全都捲到空中。看來就是拜這一招所賜，至今才沒有獄卒能成功接近茨姬，總是讓她順利逃脫。

我把外道丸插進地面蹲下，減少靈力波動的衝擊，避免被吹跑。

然後，在一陣陣襲來的靈力波間隙，我瞥見茨姬那張幾乎要哭出來的臉。

「茨姬……！」

我逆著彷彿要撕裂身體般的風勢，緊握住外道丸，一步一步踩穩地面前進。

即使全身上下都被劃傷，我依然漸漸加快速度，最後跑了起來。

無間地獄的層長大喊，「站住，新人！不要心急！」想制止我，但我不予理會，快步跑向茨姬。

我內心有種感覺，要是現在讓她跑了，可能就再也找不到茨姬了。

怎麼可以讓妳跑了！絕對不能失去妳！

「茨姬！別跑！」

茨姬從百目身上一躍而下，正要飛奔離去，我及時趕上，抓住她的手臂。

「別碰我！」

但她一把揮開，揮舞手中的刀想要逼退我。

在我的手臂上劃出一道淺淺的傷口。

「你也是來跟我搶的嗎！」

從她的眼睛、那副神情中，完全感覺不出一絲對我的愛戀，散發著滿滿的厭惡和憎惡。

至今為止，無論茨姬或真紀，都不曾對我流露出這樣的目光。

「茨……姬。」

她一定是忘記我了吧。

胸口驀地刺痛。儘管心裡明白，她是受到無間地獄的影響，也事先做好心理準備了，但實際面對時還是太難受了。沒想到被自己深愛的人遺忘，會這麼難受……

下一刻，茨姬毫不遲疑地揮刀朝我砍來。

簡直就像要擊斃獵物似地，動作裡沒有一絲躊躇。

「……」

我也立刻用外道丸擋住她的攻擊。

好沉重。我手中的刀要不是外道丸，八成就斷了。

攻勢受阻，茨姬便壓低身子，猛然朝我懷中撲來。

那瞬間，我的目光和茨姬的目光在空中交會，我看見她的嘴角浮現出邪惡的笑容。

——我會被殺。

我意識到死亡。茨姬這一刀的刀路是我不認識的。

不過外道丸這把刀，就像很清楚對方來勢似地自行擋住茨姬的刀，還予以反擊。我也立刻施展結界術，和茨姬拉出安全距離。

「呼、呼、呼。」

才交一次手，我就領教到化為惡妖後她的力量有多恐怖，渾身發涼，手微微發抖。

原來如此，這就是名為大魔緣茨木童子的大妖怪嗎？

「我討厭鬼、我討厭鬼、討厭鬼。」

茨姬的身體也輕微搖晃著。

怎麼了？她手抵住頭，口中念念有詞。

「我受夠了，頭好痛。你是誰？」

「……茨姬。」

「不要，我不要想起來。你好可怕，我想逃走，我想要全部忘記……」

茨姬傾吐出的哀痛聲音，令我睜大雙眼。

想要忘記……

對啊，原來如此。

眼前的茨姬並沒有完全失去記憶。她反倒是，渴望就這樣忘卻一切。

這絕非只是無間地獄酷刑的影響。

也不是前世的艱辛記憶所致。

一定是因為在現世生活時，就一直背負了許多煩惱，她的心已經到達極限了。

我的事、眷屬的事、叶的事、水屑的事、來栖未來的事——

或許又會失去什麼。

必須守護一切。

可是，現實是殘酷的。

緊張和壓力日夜如影隨形，深陷對未來的不安之中。

真紀的內心靜靜地崩塌，在那張笑臉背後，承受著難以負荷的一切。只是，她從不曾表現出來而已。

沒有人想到，真紀其實已被逼到這個地步。

說不定就連她本人也沒發現。極有可能這心情是被地獄彼岸花的酷刑增幅後，才浮現出來。

就算她堅強又可靠，背上中的箭多了，任誰都不免倒下。

無論是誰，都有想說喪氣話，想痛哭一場，想拋下一切的時候。

或許真紀連害她受苦的罪魁禍首，我，也想乾脆都忘了。此刻的她即使見到我，臉上流露出的也是顯而易見的敵意。

「……」

我下意識收回朝她伸去的那隻手。

說不定，將我忘得一乾二淨，消彌所有的業障，投胎轉世成別人，才是她的幸福。

要是以人類茨木真紀的身分甦醒，又必須面對那些牽扯不清的因緣和問題。

她此後一生都將負重前行。

可是，我呢？

我能放棄真紀嗎……？

「我受夠了受夠了受夠了！我不想再失去任何東西了！如果還要失去，那就乾脆全都忘了吧……」

「真紀！」

我叫她「真紀」，而非茨姬。

別被外表迷惑了。

就算外表是大魔緣那時的樣貌，她也是真紀。

「沒事的，真紀。我不會傷害妳。」

我也將外道丸收回腰際的刀鞘。

不過聽見自己名字的真紀卻臉色發白，露出想起什麼極其恐怖的事的神情，拋下我再次拔腿就跑。她身上傳來一種「自己必須盡全力逃走」的急迫感。

不過，我也帶著「絕不能讓妳逃走」的決心，盡全力緊追在她身後。

我趕上去，再一次抓住真紀的手臂。這一次，為了避免遭她用力揮開，我順勢將她按倒在地。

我們墜地的衝擊，使彼岸花的鮮紅花瓣高高飄散在空中。

倒下的茨姬……不，是真紀，我壓在她上方，正面望著她。

我有好多話必須對她說。

「對不起，我來遲了。」

「放開我。」

「對不起，讓妳一個人孤零零待在這種地方。對不起，讓妳受到那麼嚴重的傷……」

「放開我、放開我……！」

「我老是依賴妳的堅強和開朗，真的對不起。總是讓妳保護我，對不起。就連我自身的謊言，也是妳在承受……」

真紀拚命想推開我，但我在道歉的同時放任身體下落，緊緊抱住真紀。

我，我們，應該在京都就明白了才對。

我以為當時就已經好好面對了前世的謊言，還有真相。

真紀從不曾怪我。她怕我受傷，只好撒謊。

結果，我卻一直沒搞清楚真正重要的是什麼。

無知是一種罪。無論要做什麼，我都該去了解真相。

但我卻一直逃避面對自身的謊言，真紀才會被來栖未來砍了那一刀。

「我宰了你。」

茨姬用力搥我的胸口。

「我要宰了你這傢伙！」

她奮力掙扎，豎起利爪，一心想逃離我。

比力氣，我絕對不是真紀的對手。身為男人這實在很丟臉，但事實就是如此。

「我不會死的，真紀。」

但我將真紀緊緊抱在胸前，不管她多麼厭惡我，不管她多麼抗拒我，就算會血流如注，我也絕對不會放開她。

「我絕對不會比妳先死的，我向妳保證。」

她說要宰了我，我卻回答，我不會死的。

要是讓第三者來看，肯定會覺得莫名其妙吧。

不過，對我和真紀而言，這件事至關重要。

我們是夫妻，一定會結為夫妻。所以避免不了，將來有一方必須送對方先走。就算我們能安穩相伴到當上爺爺奶奶的年紀也一樣。

那種時候，好命的爺爺會這樣說吧。想在奶奶懷中死去。

也沒想過被拋下來的奶奶會不會傷心。

只顧著自己不想一個人孤零零的——

「騙子。」

真紀推我的力道減弱了，取而代之的是，她毫無起伏的聲音掠過耳際。

「你明明就先死掉了。」

聽見這句話，我雙眼驀地睜大。稍微和她拉開一點距離，低頭望向她的臉，大魔緣符咒下方，她的雙眸盈滿淚水。

那雙眼睛是我再熟悉不過的，真紀的眼睛。

「真紀……」

我緩緩撕掉大魔緣的符咒。

她現在外表雖是大魔緣的模樣，表情和神韻還是真紀。

剛才還缺了的那條手臂，不知何時也長回來了。她果然不是大魔緣，是真紀。真紀原本的輪廓逐漸清晰。

「反正這也是另一場夢吧？」

真紀伸出顫抖的手，想觸碰我的臉頰，卻又收了回去。

那舉動簡直像在述說，她害怕確認此刻是夢境或現實一樣。

「畢竟，馨不可能出現在這裡。」

接著，說出來原本應該忘記了的，我的名字。

下一刻，她伸手按住額頭，似乎頭痛起來。

「不要這樣，不要讓我看見這麼幸福的夢境……拜託。」

在我下方，她環抱住自己，蜷縮起身子。

像幼兒一樣啜泣。

真紀哭得這麼柔弱無助的樣子，我似乎好久沒看到了。不過，這也是真正的真紀。

我怎麼可能忘記，她並非從一開始就很堅強。

「真紀，真紀！這不是夢境，是現實！」

我用力告訴她。

既然她還記得我的名字，就表示她一定沒有失去全部的記憶。

我要喚醒她。就算這些記憶會將真紀拖回艱難的現實裡，我相信一定同時也有更多幸福的回憶才對。

「我就在這裡。妳現在看見的我，不是夢！」

但真紀只是直搖頭。

「騙人，這是地獄的陷阱。馨其實根本不在這裡，和馨一起度過的那些時光，不過是我太盼望而幻想出來的夢境而已……」

「不是夢！我們在淺草度過的那些時光是真的發生過。真紀，妳還可以回到那個世界。大家都在等妳，不是等茨木童子，不是等大魔緣，而是在等妳，茨木真紀這個人類……」

至今我曾經深思過這件事嗎？

酒吞童子和天酒馨。

茨木童子和茨木真紀。

其中的分界線太過曖昧不清，導致我們一直把自己和前世當作是同一個人。雖然經過投胎轉世，卻是同一個人。
可是，在真紀墜入地獄後，我才醒悟。
真紀，以茨木真紀的身分甦醒，或是再次投胎成其他人……
就算是同一個魂魄，一旦這兩個選項被擺在眼前時，我才終於發現。
啊啊，再投胎的話，那就是別人了。
而我不願意失去的，是茨木真紀。
「我們回去現世，真紀。不是以茨姬的身分，也不是大魔緣，更不是再度投胎成其他人，就是此刻活著的茨木真紀！」
這絕非要忘記前世的種種。
只是，我們必須跨越這一步，靠自己找到「真紀」和「馨」的存在意義，踏入下一個階段才行。
「回去……？」
「嗯，對，一起回去吧。妳的肉體還活著。喜歡妳的那些傢伙，發誓絕對不會讓妳死去，正在現世拚命努力。」
真紀睜大雙眼。
她多半不曉得自己其實還活著，一直以為自己在那個世界裡真的死掉了吧。
「欸，真紀……」

我輕觸真紀的臉頰。肌膚不冷也不熱，清楚感受到真紀在這裡的實感。

「在淺草那間又破又小的公寓，我每天都很幸福。和真紀跟小麻糬一起吃美味的食物，和妳跟由理一起去學校，和重要的夥伴一起幹蠢事，一起開懷大笑……我不希望這一切就此消失。不能讓一切結束在這裡。因為，等我們長大，還要再結婚一次。」

真紀的眼睛裡亮起希望的光采。

然後，慢慢朝我伸出手。

碰了碰我的臉頰，又摸了摸我的頭髮、嘴唇，確定我是真實存在在這裡。

「馨……」

「嗯，對，是我喔。真紀。走吧，我們回淺草……」

我緩緩闔上眼，宛如深深墜落般將自己的唇瓣疊上真紀的唇。

我嚐到鮮血和淚水的味道，不曉得是來自誰。

睜開雙眼，唇瓣分離，我再一次望著真紀，她雙頰泛紅，大顆淚珠不停滾落。

「我想回去……」

然後，聲音像梗在喉嚨似地低聲說。

接下來，彷彿再也忍耐不住似地，一口氣說出一連串心願。

「我想回去淺草，我不想死。其實，我一件事都不想忘記。我不想放棄。我想繼續和馨在一起，我想和你結婚……」

說完便緊緊抱住我。

她的話，在我胸口迴盪。

乾脆把生前的幸福記憶、痛苦的記憶全都忘記，先前懷抱這種想法的真紀，也是真正的她吧。

可是，儘管內心充斥著各種感受，真紀依然說想和我在一起。

「可是，馨，我過去做了很多活該掉進地獄的事，我連該怎麼才能回去都不知道……」

「沒事，沒事的，真紀。我來想辦法。我接受妳的一切，連同那些罪孽，我也決定和妳一起承擔。所以，我才會跑到地獄的盡頭來找妳。」

我稍稍拉開和真紀的距離，拭去她眼角蓄積的淚水，露出微笑。

真紀則輕蹙眉梢，睜著那雙泛著水光的眼眸看我。

怎麼回事，簡直像千年前第一次墜入愛河時的情感在內心甦醒。

當時的酒吞童子不懂這份情感是什麼，還以為自己怎麼了。不過事到如今，我把那份心情當作寶物一樣珍惜。

我這一刻也依然深深愛著真紀，想把她救出地獄這種鬼地方……

「外道丸，讓開！」

就在這時——

一陣紊亂的腳步聲響起，無情地破壞了我們相互凝視的幸福時光。我們居然已被上級獄卒包圍了。

「幹得好，這下抓到大魔緣了。」

「外道丸制伏她了，現在是好機會！」

啊……

對、對耶，還有別人在！

方才完全陷進兩人世界，忘記附近還有不少觀眾在了。

不過在這些獄卒的眼中，似乎沒想到我們是小倆口在吵架或打情罵俏，一心認定我是抱著捨身成仁的覺悟努力壓住大魔緣。

這個嘛，好像也不能說他們錯了。

「抱歉，各位。」

「咦？」

我緩緩站起身，再拉真紀起來，將她護到身後，拔出插在腰際的外道丸，將刀尖指向那些夥伴。

「我不會讓你們碰她一根手指。」

獄卒聽見我的話，再看看眼前情況，紛紛露出不解的神情。

至今為止一向勤奮擔任獄卒的我，居然採取了包庇罪人的行動。

而且還是連在地獄裡都惡名昭彰的大罪人。

「欸……你說什麼傻話，外道丸！我聽說你是優秀的新人。」

無間地獄的層長也明顯十分詫異。

我順了順呼吸。應該沒必要再隱瞞了，那就清清楚楚地昭告天下。

「大魔緣茨木童子，她是我的妻子！」

一陣漫長的沉默過後……

「咦咦咦咦咦咦咦？」

無間地獄那些獄卒們的驚嘆聲響遍原野。

其中也有好幾位至今一起負責獄卒工作的夥伴。

還有一起以上級獄卒為目標，彼此鼓勵的鬼朋友。

但此刻，我連他們都毫不留情地瞪視，高高舉起外道丸。

地獄的獄卒都是些認真又可靠的鬼，一般情況下，我是不可能拿刀指向他們的。

不過，如果勢必一戰，我也在所不惜。

我一定要將真紀的魂魄帶回地面上。

「！」

突然，無間地獄陰霾滿布的天空，射進了一道光。

那群獄卒此起彼落地發出「哇喔……」的驚呼。

從天空的烏雲間隙現身的，是端坐在王座上、乘著金燦雲朵，受多位書記官還有小野篁也就是叶圍繞的，閻羅王。

用這種排場出現，就連那個輕浮的閻羅王，看起來都有了幾分地獄掌權者的威嚴氣度。方才持刀與我對峙的上級獄卒全都跪倒在地。

「看來，出現意外情況了。外道丸，這到底怎麼回事？」

閻羅王的聲音從高處傳來。

神情嚴峻，流露出對我的深切失望。

「你居然袒護大罪人，大魔緣茨木童子，持刀與夥伴相向。這種行為已經等同於拋棄一位上級獄卒的責任了。我原先那麼看好你，真是太令人失望了。」

說這番話的同時，閻羅王從剛才就一直頻頻瞄向我手上的那把刀，確定是否為外道丸。

「而且你還擅闖我的私人房間，偷走寶物……咳咳。你偷走了來自異界、珍貴的大罪人遺物。小偷是要作為罪人受懲處的，尤其我又特別喜愛那把刀。」

閻羅王的私心昭然若揭，不過，刀確實是我偷來的。

我當時就是認定，只要偷走這把刀跑到無間地獄，閻羅王肯定會跟下來。

事情發展如我所願。畢竟要是閻羅王沒在這局面現身，我就無法實現心願了。

「閻羅王，請聽我說。這把刀叫作外道丸。」

我在閻羅王面前跪地，低下頭。

接著，說出這把刀真正的名字。閻羅王皺起眉頭。

「外道丸？那不是你的名字嗎？」

「對，那也是我小時候的暱稱。這把刀，原本是屬於我的。」

「……」

閻羅王將目光緩緩轉向身後泰然自若的小野篁。

小野篁大人則堂而皇之地擺出一副事不關己的神情，不過正如閻羅王的猜測，那傢伙就是一切的幕後黑手。

「哈，算了。那麼，你真正的名字又是什麼？」

「我真正的名字是，天酒馨。我是酒吞童子投胎轉世成的人類。」

搶在閻羅大王有所反應前，圍觀的那群獄卒已經先鼓譟起來。

「酒吞童子？現世很有名的那個酒吞童子？」

「也就是說，那傢伙不是鬼，是人類嗎？」

「咳咳。」閻羅王用力清了清喉嚨，舉起一隻手，嘈雜聲立刻安靜下來。

我繼續往下說。

「大魔緣茨木童子是我前世的妻子。她之所以會成為大魔緣，是因為酒吞童子先她而死。她犯下的那些罪孽，我也有責任！」

聽了我的話，閻羅王臉上浮現出幾分不懷好意的笑容。
「所以你想說什麼？你要代替妻子墜入無間地獄嗎？」
「不，那是不可能的。因為我還活著。」
這時，我真慶幸自己有準備過上級獄卒的考試。
地獄的規矩是，禁止將活人當作罪人制裁。
「而且她也還活著！地面上，她的肉體還有呼吸。就算貴為閻羅王，也不能在地獄制裁活人才對。真紀能在無間地獄一次次成功擺脫獄卒的追捕，正是她原本就並非罪人最好的證據。在此，我要針對地獄對茨木真紀的判決提出異議！」
沒錯。
照理說，在地獄裡，罪人根本不可能一次又一次逃過獄卒的追捕。
地獄的設計是，就算發生什麼意外情況，罪人也逃不出獄卒的手掌心。
不過由於地獄無權制裁活人，真紀的罪人身分模稜兩可，獄卒的權限沒辦法妥善運作，才會老半天都抓不到她。以上是我的推測。
閻羅王的眼神飄忽了一下，多半是被講中要害心虛了吧。
「可、可是，大魔緣茨木童子的罪孽還沒有償還完。她先前在地獄的刑期尚未服滿，就出了差錯投胎到現世，也是不爭的事實。」
「那個差錯也是閻羅王的責任，不是嗎？」

「唔……」

話雖這麼說，其實是叶做的好事。

叶利用小野篁的身分，介入地獄的轉世系統讓真紀投胎的。

不過站在閻羅王身後的小野篁大人，仍舊一臉事不關己的表情。

「閻羅王大人，您有察看過茨木真紀生前的種種作為嗎？她幫助過多少妖怪，又拯救了多少人類。現世裡有很多生命，若非真紀及時伸出援手，就會陷入悲慘的命運。」

「……」

「真紀今後還會拯救更多生命，只要她活著。」

儘管我希望她能多為自己著想，她也沒辦法見死不救，那就是在現代淺草生活的真紀。

「……外道丸，你的目的是什麼？誰又能保證情況一定會如此？」

「我百分之百保證。只要真紀活著，我就會一直陪她到最後，我絕對不會比真紀先死！」

這是，我的決心。

這一世一定要實踐的誓言。

就是不會比真紀先死。

閻羅王露出難以用文字形容的複雜神情，低聲沉吟後，又清了清喉嚨。

「不過，罪孽就是罪孽。我身為閻羅王，不能輕易放過這一點。」

「不用放過啊，閻羅王大人，地獄還有保護管束處分。」

「啊……」

在這時出言相助的，是小野篁。

小野篁從閻羅王身後，提出對我們有利的建議。

「根據地獄的法律，既然茨木真紀是活人，活著彌補前世犯下的罪是可能的。只要她從惡人手中救下其他活人。」

幹得好，叶。我原本也打算指出這一點。但這番話與其讓我說，由一直深受信賴的小野篁口中提出，閻羅王必然更容易接受。

沒錯，地獄的法律規定不能制裁活人。不過像真紀這樣立場特殊的情況，可以判處保護管束處分。

如果是保護管束處分，真紀的魂魄就能回到地面上了。

「真諷刺，現世有許多理應墜入地獄的傢伙，還有單靠人類沒辦法應付的邪惡存在也……」

此刻是小野篁的叶忽然向我使眼色，像在叫我趕緊接腔。

我沒看漏他的暗號，連忙乘勝追擊。

「就是說啊。閻羅王大人，您也很清楚吧。現在，九尾狐水屑正將無數人類及妖怪的命運玩弄於股掌之間，可是，戰鬥能力能與水屑匹敵的人極其稀有。如果少了真紀的力量，地面上肯定會生靈塗炭。」

閻羅王瞇細雙眼，迅速別開視線。

「地、地面上的事，和地獄無關。」

「話不能這樣說，閻羅王大人。地面上和地獄是相連的，透過我，您應該很了解地面上的情況才對。」

「……」

叶又從旁推波助瀾。

閻羅王沉思片刻後，還是徵求後方小野篁的意見。

「篁，你也認為讓茨木真紀回地面上比較妥當嗎？」

「嗯，是呀。讓很想制裁卻又不能制裁的大魔緣茨木童子留在無間地獄，會破壞地獄本身的平衡。現在優秀的獄卒全都集中到無間地獄，其他層有不少罪人開始囂張起來，趁機鬧事。要是放任不管，很快就會出問題。」

「唔、嗯。」

「而且實際上，現世也需要茨木真紀。在接下來的時代，那個世界就是需要對妖怪及人類雙方都有影響力的人才。」

聽見叶的這席話，我身後的真紀似乎默默大吃一驚。

她肯定沒想到這男人居然會幫自己說話吧。

察覺到情勢已傾向我們這一方，我下定決心，向閻羅王提議。

「閻羅王大人，我是上級獄卒，是經過您親自認證的。而上級獄卒中應該有一種職務，可以在地面上監視受保護管束處分的罪人。」

閻羅王的眼尾挑了一下，鄭重道。

「派遣特務獄卒嗎……？」

「對，而且您應該正在找優秀的派遣特務獄卒。」

派遣特務獄卒——

地面上現在也仍有許多受到地獄的保護管束處分的罪人，有一種上級獄卒就是專門在地面上監視那些罪人，向地獄回報地面上的資訊，還負責找尋適合當獄卒的鬼。那就是派遣特務獄卒。

我回想閻羅王和小野篁先前的對話，意識到閻羅王正在尋覓適合這個職務的人選。

如果我成為派遣特務獄卒，就能在對地獄裡的閻羅王有所貢獻的情況下，在地面上陪著真紀。採取這個對策，我就能和閻羅王站在對等的地位談判。

叶之所以要我成為上級獄卒，肯定就是為了這個緣故。

「你願意嗎？」

閻羅王不懷好意地勾起嘴角，伸出手指用力指向我。

「這樣一來，就算你是人類，也必須肩負起地獄的職責。就和小野篁一樣。一生，都是我的僕人喔！」

我伏地行禮，再抬起頭望向閻羅王。

「沒關係，只要您同意讓真紀回地面上。到人生的最後一刻為止，我都會和真紀並肩作戰，一起贖罪。」

「我會狠狠使喚你喔！」

「沒關係，小野篁大人好像也都隨便做做而已。」

「唔。」

閻羅王和我互不相讓地對望，就像在探尋對方內心真正的想法。幾乎都要互瞪了。

閻羅王生氣了嗎？他的表情凝重到其他獄卒都嚇得全身僵硬，現場瀰漫著一股緊繃的氣氛。

不過——

「唉，第一次見到你時，我就有預感……這傢伙一定會鬧出什麼事來。唉。」

閻羅王重重嘆氣，將戴在頭上的王冠取下。

我正疑惑他要做什麼時，他忽然伸手插進王冠，取出一樣物品。

那是之前在閻羅王宮殿看過的巨大印章。

閻羅王一面發出「唉～」或「啊啊啊～」的唉聲嘆氣，一面從小野篁手中接過卷軸，迅速攤開，乾脆地蓋上印章。

「好。從今天起，你就是派遣特務獄卒了。你可以把手中那把刀一起帶回現世。」

「咦？」

這句發言令我大吃一驚，尤其我原本打算要在這裡歸還外道丸的。

「怎樣？我把那把刀交給你，你就有了必須重返地獄的理由。既然這樣，那就交給你吧。」

「閻羅王大人……？」

「今天雖然發生了這種事，我還是看好你，外道丸。不對，該叫你酒吞童子嗎？不，還是天酒？啊啊真是的，你名字也太多，搞不清楚啦！你的獄卒代號就和之前一樣叫外道丸好了，應該沒問題吧！」

「是，沒問題。」

代號……總覺得有些不好意思。

「你聽好，只要你還用這個名字時，那把刀的權限就屬於你。我在這裡承諾這件事。不過，那把刀我只是借你而已，絕對不准你據為己有。」

「啊，是，我明白。」

所有權還是屬於閻羅王呀，明明原本是我的東西……算了。

閻羅王這樣做已經算是在讓步了吧。

「咳咳，那麼，你從今天起，就是地獄的派遣特務獄卒外道丸，我命令你執行由地獄判決的管束保護處分，監視、觀察茨木真紀的行為，同時收集地面上的種種資訊。任期即刻生效，一直到你死亡為止。」

「是，我明白了。」

「既然如此，那你可以趕快把瘟神茨木真紀的魂魄帶回地面上了。她待在這裡一天，地獄就一天不得安寧。」

接著，閻羅王向一直站在我身後、手足無措看著情況發展的真紀開口。

「大魔緣，不，茨木真紀。」

「……是。」

真紀戰戰兢兢地回應。彼岸花的毒素尚未完全消退嗎？還是記憶仍有些混亂呢？這時候的真紀半躲在我身後，看起來十分惹人憐愛。

「茨木真紀。這一世的妳並非罪人，不過前世犯下的罪孽，妳仍舊尚未償清。只是，地獄目前確實沒辦法將妳定罪。」

「閻羅王大人……」

「前世妳殘害了許多生靈，希望今後妳能拯救同樣多的生命。這是妳必須付出的贖罪。不允許妳逃避。畢竟，派遣特務獄卒外道丸會監視妳一輩子。」

「是。」

真紀緩緩地，卻重重地點頭。

像是在將閻羅王的一字一句都刻進心裡。

閻羅王在這時，一如往常地「咳咳」清了清喉嚨。

「不過有句話，我想向妳說。大魔緣茨木童子。」

「……」

「看來妳終於見到了妳想念的那個人，太好了呢。」

聽見這句話，不光是真紀詫異，也出乎我意料之外。

對了，閻羅王一定曾在淨玻璃鏡中看過茨木童子的記憶。他不可能不曉得大魔緣的心願。

我好想你——

在記憶中出現過無數次，她打從心底的殷切盼望。

說不定，閻羅王其實比任何人都更理解我們兩人的心情和行動。

「那麼，我要開啟通往現世的門了。地獄穴，解鎖——」

原本飄浮在空中的漆黑洞穴。

忽然如漩渦般開始轉動，一條閃閃發光的細銀線從中垂下。

我怔怔望著那條銀絲緩緩下降，驀地恍然大悟。

「啊啊，蜘蛛絲嗎？」

啪地拍了下手。閻羅王不知為何一臉得意，鼻子翹得高高的。

「還用說。說到閻羅王的三大便利道具，就是小野篁、淨玻璃鏡和蜘蛛絲！」

「閻羅王大人，我可不是道具。」

小野篁難得吐嘈他。閻羅王則「咳咳」，清了清喉嚨，假裝沒聽見。

「不經由投胎轉世讓魂魄回到地面上的方法，自古以來，就只有蜘蛛絲一途。這件事你至少有在書上看過吧？」

「那個，嗯，有是有……」

不過老實說，只靠那麼細的一條絲線，真的能平安回到地面上嗎？我內心有一抹不安。

「好了，你們既然決定要回去，那就趕緊去吧。動作快點。現在地面上的情況似乎相當不平靜。」

「咦……？」

難道水屑那夥人已經展開行動了嗎？

不知道淺草現在的情況怎麼樣，我們得盡快回去才行……

「喂，外道丸。」

我抱著真紀緊抓住蜘蛛絲上升時，閻羅王又叫我。

「鬼在地獄可以過得舒舒服服。在地面上要是累了，隨時可以帶著外道丸回來。我允許。」

我忍不住訝異眨眼。

下一刻，噗哧笑出聲。因為閻羅王這句話實在太窩心了。

「閻羅王大人，您對鬼真的很好。」

雖然也不禁想，地獄的審判官這麼容易心軟好嗎？而閻羅王本人也露出苦笑。

「不然咧。我這個神，不仰賴鬼的辛勤付出，就沒辦法完成職務，這是悲哀的天性。更何況除了這裡以外，異界對鬼都很無情。」

我們緊緊抓著蜘蛛絲，逐漸升空。

叶不一起來嗎？

他大概是打算留下來收拾殘局。這傢伙還是老樣子，用看不透在想些什麼的淡泊眼神，目送我們離開。

其他獄卒似乎相當樂見我和真紀回地面上，紛紛朝我們呼喊、揮手。這次明明給他們帶來了很多麻煩，大家真的都是善良的鬼。

說起來，在地獄當獄卒其實也不壞。

不對，今後我也還是獄卒。

「閻羅王和地獄的鬼，好像有點奇怪？」

緊緊抱著我的真紀，說出這句感想。

「地獄是對罪人嚴格，對鬼溫柔的世界，畢竟閻羅王最愛的就是鬼和蒟蒻。但不管怎麼說，實在是個奇特的世界。」

我們緊緊抓住蜘蛛絲，緩緩升至一層又一層的地獄。

在每一層，地獄那些鬼今天也一如往常地折磨罪人。儘管畫面殘酷，但換個角度看，就像在宣示只有此處是自己的容身之地似地，那些鬼很認真在執行獄卒的工作。

「欸，馨。」

「什麼事？真紀。」

「等我們回到現世以後，還有事要做吧？」
「嗯，對。我們必須做個了斷。」
「可是，一切不會隨之結束。那之後的人生，我們，也必須做出選擇。」
「……真紀。」
真紀的神情與方才截然不同。
那個神情，是我在淺草經常看到的、從不示弱又無比可靠的真紀大人。看來她慢慢找回之前的狀態了。
那雙眼已經在向前看。
思考著經歷過地獄這一遭，我們該做些什麼？
「欸，馨。」
「什麼事？真紀。」
「我不在的時候，你有沒有很寂寞？」
「咦？啊？妳說什麼廢話！妳差點就死了，那時我在大家面前的樣子實在丟死人了！」
「呵呵呵，我想像得出來。」
真紀大人才有的、小惡魔般的笑法。
就連這一點都令我無比懷念。太過懷念，都想哭了。
「欸，馨。」

「什麼事？真紀。」
又出現這組同樣的對話。
「謝謝你。」
真紀輕輕在我的後頸，印下一個吻。

「謝謝你來救我。」

她突如其來的舉動，令我措手不及，驚愕地說不出話來。
不過，真紀流著淚微笑的那張臉，我大概一輩子都忘不了。
真紀就在我身邊，這件事讓我既歡喜，又心酸。
回想在地獄的點點滴滴，好多感受湧上心頭。
我緊抓著蜘蛛絲，望著地獄的世界愈來愈遠，忍不住大哭。
我一定會去接妳。
那也是過去酒吞童子向茨木童子說的最後一句話，他的誓言。

第八章 英雄歸來

我做了一場好長、好長的夢。
一場惡夢，我被拖進地獄最深處，一直等著你。
這裡好可怕。我好孤單。好痛、好難受，我快崩潰了。
我好想你。
可是，你不能來這種地方。
即便如此，我還是祈禱著，希望能再見你一面。
那是過去也曾懷抱的盼望。
正因為懷抱著無法實現的願望，才更是痛苦。
可是那一天，一道光照亮了我飽受惡夢折磨的內心，感受到令人無比懷念又溫暖的懷抱。
你在我耳際低語，說要一起背負我所犯下的罪孽。
直到人生的最後一刻為止，一起戰鬥，一起贖罪。
回淺草吧——

這絕非我前世所造下的罪孽已被原諒，也不是逃過一劫。

而是他，努力幫我爭取到另一次機會。

延續過去如美夢般幸福的現實，和最愛的人一起努力活下去的機會。

○

我，還活著。

有了真實感，是因為聽見許久不聞的熟悉聲音。

「真紀，真紀……」

急切地呼喚我的聲音。

我將目光投向聲音傳來的方向。

「阿水……」

眼前是一張相貌成熟、卻快要哭出來的臉龐。

在大腦尚未判別此人身分前，我就率先喊出他的名字。

阿水，水連。我重要的一位眷屬。

自千年前就追隨茨姬的水蛇妖怪，跨越千年也沒有忘卻其忠誠，想必這段期間，他一直努力維持我肉體的生命吧。相信我一定會回到這副身體。

阿水在哭。
上次看到他真心哭泣，是多久以前的事呢？
說起來，我有看過他哭嗎？啊啊，記憶還是很朦朧……
「太好了，真的太好了。真紀，要是妳把我給忘了，那我就活不下去了～」
「……呵呵，你太誇張了啦。」
很有阿水風格的發言逗得我笑了。
能笑出來，就表示還算有精神。
但身體沒辦法隨心所欲地活動，稍微動一下就痛得要命。
「不行喔，真紀，妳可是受了差點送命的重傷。就算妳現在醒過來，如果不好好靜養，也可能會突然惡化。」
「我睡了多久？」
「整整一天。」
整整一天，才一天？
我在地獄卻彷彿過了極為漫長的時光。
「不過，既然妳的情況穩定了，魂魄也回來了，那就表示……馨成功了吧？我就知道他能辦到。」
「這樣呀，馨……在哪裡？」

「馨正在從京都回來的路上。聽說現在他人在新幹線上睡得像死豬一樣，還要兩小時左右才會到。」

「京都……？」

看來在我失去意識的期間，發生了許多事。

阿水告訴我，為了把我的魂魄從地獄帶回來，馨、津場木茜，甚至連那位叶老師，都一起去了京都。京都好像有一口井能通往地獄，為了要用那口井，遇上不少麻煩之類的。

聆聽他們的遭遇時，我發現自己的內心非常平靜。

「我呀，感覺自己在地獄待了好久好久。」

「嗯……我曾聽說過，現世和地獄時間的流速不一樣。」

阿水緊握我的手，聽我說話。

「我終於明白了。以前我是大魔緣時，究竟犯下了多少罪孽。當時一心只想再見到酒大人……滿腦子只有這件事，殺害了許多妨礙我的人類和妖怪，犧牲再多條生命都在所不惜。也做了一些殘酷、不人道的事情，被叫大罪人也是罪有應得……」

把這些事全都忘記，只想在淺草過著幸福快樂的日子，我實在是太自私了。

我眼前，出現了必須選擇的一條道路。

「馨一定也是因為我才選擇成為獄卒的，做了各種努力，才把我救出來……」

「真紀？」

「好。」

我霍地從病床上起身。

神情平靜，像是忘卻了所有痛楚。

「咦咦咦咦？真紀，不行！我不是才叫妳不准起來！妳側腹開了一個大洞耶！」

「沒事的。這點小痛，比起我在無間地獄嚐到的那種酷刑，實在算不了什麼。」

「咦咦咦咦咦咦？妳在地獄發生了什麼事？他們對妳做了什麼？」

阿水頻頻大驚小怪地抱住頭。浮誇反應是他一貫的風格，我不禁微笑。

我環顧四周，微微皺起眉頭。

「我都醒來了，結果身旁卻只有阿水一個人開心地吵鬧，真奇怪，其他人呢？」

阿水的神情驀地轉為嚴肅。

「其他人在哪？」

我再問了一次，內心浮現不好的預感。

「在淺草，淺草現在的情況相當惡劣。」

聽見阿水這句話，我瞇起眼睛。

阿水打開房裡的電視，螢幕顯示出淺草的現況。新聞報導表示，目前在觀光景點附近有許多人出事。

「從昨天開始，有很多普通人接連在淺草突然昏倒，失去意識。目前已經有好幾十個人了。

人類懷疑是什麼新型疾病或恐怖攻擊，鬧得沸沸揚揚，不過真紀，妳應該知道原因是什麼吧？」

「嗯，以淺草為中心，妖氣非常濃。許多充滿惡意的妖怪都聚過來了，對吧？」

而這肯定是水屑那夥人幹的好事。

原來如此，水屑那傢伙的目的是讓我和馨離開淺草嗎？

「我得趕過去。」

我正要下床，阿水卻使出全身力氣按住我，側腹開了個大洞的我。

「我剛就說不行了！真紀！淺草就交給其他人，妳什麼都不准做，算我求妳……」

「可是……」

「沒什麼好可是的！我講真的，拜託，沒什麼好可是的！」

阿水突然切換到不曉得是爸爸還媽媽的家長模式，拚老命壓住仍舊打算下床的我。

「已經夠了，真紀。妳已經戰鬥得夠久了。」

「……」

「真紀，妳剛才說終於意識到自己是大魔緣時犯下了多少罪孽，可是真紀，妳這一世拯救的妖怪更多吧？」

「阿水……」

「剩下的就交給我們，妳只要照顧好自己的身體。妳已經投胎轉世了，真紀，妳現在是人類。人類很脆弱，壽命又短。不管妳多麼強悍，肉體都有極限，所以妳才會……受了差點死掉的重傷啊。」

我很清楚，阿水為什麼要拚命阻止我。

以前還是鬼的時候，才不會因為一點小傷就死掉。當時和現在的肉體強度完全無法比擬。

實際身受重傷一直昏迷到剛剛的我本人，就證明了這一點。

失去重要的人有多麼悲傷，我最清楚不過了，卻差點讓眷屬們體會到這種痛楚。這次不曉得讓大家有多擔心……

「可是呀，阿水。我掉進了地獄的最深處喔。」

所以我刻意提起這個話題。

「放眼望去，到處都開滿了彼岸花，多到恐怖的地步。天空、土地和河川也全是鮮紅色的。到處都有身上長滿眼睛的鬼影，我必須一直想辦法逃離那些鬼影的追捕。」

我緩緩描述無間地獄駭人的景象，那段充斥著恐懼的日子。

「罪人只以魂魄的狀態存在，卻能感受到恐懼和疼痛。我在藏身處睏了，縮成一團抱住膝蓋，睡著了。結果就夢見了，在淺草幸福又快樂的時光。」

淺草不僅有馨在，千年前的夥伴也都齊聚在此，每天吵吵鬧鬧地很開心。

我早就失去雙親，是因為有大家陪在我身邊，我才不感到孤單。

就算我們沒有血緣關係，大家也是我的家人。

「可是我醒來後，卻是孤伶伶一個人……這裡是地獄，這份現實令我絕望。不曉得有多少次我絕望地想著，再也回不到過去那種生活了。說不定連那十七年，也不過是我幻想出來的一場美夢。其實，馨和淺草的大家根本就不存在吧？我的想法變得很悲觀。」

那種日子一拉長，漸漸就連自己究竟是誰都搞不清楚了。

只感受到滿心孤寂、難受、痛苦和煎熬。

心像被敲入鐵釘似地碎裂成一片片。

「可是，那不是夢。馨來地獄的盡頭救我了。」

馨找到我時，我幾乎都忘記他是誰了。只是，心底清楚知道，他就是我一直渴望見到的那個人。

我從未放棄希望。

即使我曉得，懷抱希望這件事就如同光與影，光愈明亮，破滅時的絕望也愈大。

馨的話語和眼淚喚回了幾乎忘卻的那些記憶，我再一次許願，要和這個人一起活下去。

「我呀，為了回到地面上，和閻羅王約好了。上輩子殺害了多少生命，這輩子就要拯救多少生命。他說，那是我必須付出的贖罪。」

還有，今後，一生都得看著我，是馨的職責。

為了達成這項條件，馨之前努力晉升上級獄卒。

沒錯，一生——

不過對我和馨而言，最重要的就是，兩人相伴共度一生。

為了實現這個心願，馨接受鬼的身分，往後也必須盡責完成地獄獄卒的工作。那代表著什麼含意，就連我也很清楚。

他一向比任何人都渴望過安穩的人生。可是這一次，他捨棄了自己看重的生活方式。

「一直以來我都認為……這輩子一定要獲得幸福，和馨一起在淺草悠閒度日，並在能力範圍內拯救有緣遇上的妖怪和人類。可是呀，光是這樣似乎依然不夠。」

我還是下了床，站起身。

阿水看見我此刻的神情，沒辦法再開口阻止。

「我必須拯救更多、更多的人類和妖怪。我和馨都下定決心了。要再次步上那樣的人生。」

「真紀。」

「說不定，大概，我……很快，就會離開淺草。」

沒錯。

我必須捨棄的，恐怕就是，一直在淺草生活的未來。

阿水瞪大雙眼。

想必他一直深信，只有這件事，我說什麼都不會放棄的。

我再次抬起頭，看向眼前的阿水。

「所以，我現在更應該過去淺草，親手保護我最重視的這塊土地。阿水，你一定能懂我的心情，對吧？」

阿水似乎想說些什麼，卻又不曉得該如何開口似地，輕輕嘆了口氣。那雙眼睛流露出悲傷而複雜的神色。

「……我懂喔。嗯，我懂。只是，真紀，我在重新成為妳的眷屬時，也發過誓了。我只希望妳過得幸福，我要看著妳過上幸福的日子，等妳臨終時，我一定會陪在妳身旁。所以，我不能接受。上輩子的罪孽，和閻羅王的約定之類的，我才不在乎。」

「阿水。」

「為什麼只有妳一個人必須一直背負那些業障呢？我希望的只不過是，妳以普通女孩的身分獲得幸福……我只是希望，比起拯救他人，妳能以自己為最優先，更照顧自己的身心。」

為了讓真紀能自由選擇任何一間她喜歡的短大，我甚至一直在存學費。

我都想好了，真紀和馨的婚禮，要和淺草的大家一起盛大慶祝。

就連真紀和馨的孩子，甚至日後的孫子，我都下過決心要一直在淺草守護他們～

雖然其中有一半是我自己的妄想，但這也顯示出，我花費多少心思在考慮她的事。

「阿水，你實在太寵我了。」

「對喔，我就是寵妳。」

他似乎沒打算要否認這件事。

不過我很清楚。阿水和其他眷屬，其實不希望我選擇這條路。

「只是呀，到頭來，既然天生具備了強大的力量，終究就逃不過吧？」

「……真紀。」

「人啊，都有自己或大或小的職責。不只我。馨也有，阿水和其他眷屬，陰陽局的退魔師也一樣。就連叶老師……甚至是來栖未來。」

去了一趟地獄，我重新深刻體認到這一點。

天生有能者的責任——天命。

能力，不光是用來開拓自己的命運，也會左右周遭人事的命運。

就如同千年前我們的故事，直至今日仍舊影響了許多人。

既然生為這種人，就有其無法逃避的道路。

「我，現在要去淺草。」

有些戰役，無論處於何種情況都躲不了。

「等一下，真紀。妳不等馨嗎？」

「不等。你傳訊息告訴他，我會先去淺草。」

「這樣好嗎？妳們的感動重逢呢？不用至少打通電話嗎？」

「沒關係。我們已經在地獄感動重逢過了，既然他現在在新幹線上睡死了，就讓他好好睡吧。馨肯定也會做出一樣的選擇。」

「咦咦咦咦？」

阿水一如往常表現出令人愉快的誇張反應，而我已開始找起自己的外出服。穿病服實在是不能看。

正好這時，我們所在的那間病房，門開了。

「茨木，妳終於醒了。」

踏進病房的人是，青桐和魯。

這時機實在太剛好，想必他們是在得知我醒來後，又在外面等我們談完話吧。

青桐心情絕佳，鏡片下的雙眼閃著和悅的光彩。

「青桐，看來我這次給陰陽局添了不少麻煩。」

「別客氣，反正妳以後就是陰陽局寶貴的人才了，可不能讓妳在這種時候就死了。」

「……哈～你算盤打得很精耶。」

這位腹黑的眼鏡老兄似乎已經明白，我接下來會做出何種選擇。

「青桐，結果好像每件事都按照你的期望走，讓人有點不爽。不過算了。我現在要去淺草，三兩下收拾掉水屑，能不能借我一把陰陽局的好刀？」

「茨木，稍等一下，妳傷得實在很嚴重。」

青桐向魯使眼色。

魯朝我遞出一直拿在手上的箱子，在我眼前打開蓋子。

裡面有一顆晶瑩透明的小小圓球。

「這是什麼？玻璃彈珠？糖果？」

「這個叫作寶果，是很珍貴的靈力食物。透過陰陽局的關係，經由某種管道拿到的。」
「咦咦？寶果？那不是，那個種族的……」
阿水驚呼出聲，顯得十分意外。
「哎呀，水連曉得啊？不愧是藥師，畢竟這也能當作一種藥材。」
「當然，這在我們圈子是超有名的夢幻逸品，不久前我為了找這東西花了大把工夫。」
看阿水興奮的模樣，可見這東西應該相當珍貴，但我是沒聽過。
不過光用看的我就曉得，裡頭濃縮了高密度的靈力。
「那麼，茨木，妳把這個果實吃下去。如果是普通人類，吃之前一定要先經過各種處理，不然裡面的靈力含量太高，身體會受不了產生副作用。但妳靈力值這麼高，直接生吃應該也不會有問題。」
「哦，像補血道具那樣嗎？」
「差不多。只是，如果妳的魂魄沒有回到肉體，這東西就不能發揮功效，所以我一直等到現在才拿過來。」
「……」
看來這東西不是可以隨便吃的，我拿起那顆果實，舉到高處注視著。
閃閃發亮，如水晶般晶亮、剔透，硬度則近似糖果。我整顆放進嘴裡，咬下。表皮脆硬，裡面柔軟滑嫩，甜甜的。

忽然，強烈的靈力在身體裡蔓延開來。
「啊……」
肉體的疼痛逐漸消退。
我感受得到傷口正一點一滴地好轉。
這果實大概可以大幅度提升自癒能力吧？
「有感受到效果嗎？」
「嗯，青桐，很厲害耶。陰陽局一直偷偷藏著這種厲害道具嗎？」
「……呵呵，只要妳進入陰陽局，有一天就會知道喔。」
青桐將食指輕放唇上，笑道。
阿水交替看向我和青桐的臉，顯得相當驚訝。
「等、等一下。那個，為什麼真紀要進入陰陽局？這是怎麼回事？」
「阿水。」
我轉向阿水，手扠在腰際開口。
「我明年要去京都的陰陽學院就讀。」
「咦……？」
「我要成為陰陽局的退魔師。剛才說要離開淺草，就是因為這件事。很久以前他們就問過我了，只是我之前內心還有很多抗拒，不過……」

我垂下眼，順了順呼吸，緩緩說出口。

「我認為，如果未來想幫助更多人類和妖怪，這應該是最好的方法。」

以前，津場木茜曾說過。

陰陽局這個地方，能提供達成這項心願的權利、權限、資訊和力量。

既然我生為一個靈力高的人類，該選的道路就只有這一條。

去地獄轉一圈，和閻羅王立下約定，我才終於釐清了自己的方向，下定決心。

「可、可是，那馨要怎麼辦？」

「嗯……」

這件事我還沒和馨好好談過，不知道他會選擇什麼道路。

只是，馨有義務以上級獄卒的身分當我的觀護人，應該不會離開我吧？

我其實希望他可以自由選擇自己想要的未來，不過，我就是比他先選好自己的道路了……

「……？」

就在這時，忽然一陣搖晃。

這種規模的地震在東京很常見，只是這次的搖晃有一種不對勁的感覺。

「必須趕快過去淺草。」

我當場脫起身上的病服，阿水「哇啊啊啊啊」大呼小叫的同時，高舉雙手想遮住我的身體。

魯立刻推著青桐走出房間。

我倒沒特別不好意思，大大方方地脫掉病服。

「真紀，就算妳吃了寶果，傷口開始復原，也不能亂來喔。繃帶纏緊一點好了，不然萬一傷口裂開就糟了。」

「謝謝你，阿水。老是讓你操心。」

「沒辦法，誰叫我就是這種個性。」

就算讓阿水看見裸體，我也不在意。我們之間的信賴就是如此深厚，過去曾有好幾次，都是阿水像這樣幫我處理傷口。

「還有，真紀，我不知道這話該不該說。」

「什麼……？」

「聽說水屑那夥人從京都陰陽局搶走了酒吞童子的首級。昨天半夜發生的事。」

「……」

我沉默片刻，才以低沉聲音短短應了聲「這樣呀」。

身體以繃帶層層纏繞，保護側腹的傷口，再從阿水手中接過平時穿的水手服，套上。

「話說回來，為什麼這裡會有水手服？我受傷時，身上穿的是白色洋裝吧？」

「妳問為什麼喔，萬一妳醒來時沒有衣服可以換，不是很麻煩嗎？我想說真紀的話，就是要穿水手服啊～」

「你喜歡這種喔？」

「有什麼關係啦！再過不久，我就看不到妳穿水手服的模樣了，而且白洋裝破掉又弄髒了。那個是凜喜歡的風格！」

可以吐嘈的點實在太多了，不過我自己也同意，這身打扮果然很適合我。

穿好水手服，我就要在淺草街道上奔馳，一頭紅髮隨風搖曳。

嗯，這就是我。

踏出病房，青桐和魯等在外頭，遞上我方才要求的刀。

「請妳用這把刀。它雖然沒有名字，也是陰陽局退魔師在使用的刀。」

「謝謝你，青桐。」

我穩穩接過那把刀。

將刀抽出刀鞘，在走廊上一揮，確認這把刀的觸感。

嗯，還不錯。

「真紀，等茜和馨回來，我們也會過去淺草。妳千萬要小心。」

「好，魯。我沒事，妳不要那個臉啦。」

魯擔心得眉頭都皺起來了，我伸手輕撫她的頭，接著……

「差不多了，我回淺草了。」

帶上阿水，接下來，我只注視前方，只往前走。

想守護的一切，想奪回的東西，全都在那裡。

「英雄回歸嗎？」

在長長的走廊上鏗鏘有力地前行時，背後傳來青桐不經意的一句話。

我可不是英雄那種了不起的人物。

我的名字是，茨木真紀。

雖是大妖怪茨木童子的轉世，但現在只是平凡的高中女生。

上輩子的老公酒吞童子被人類所殺，我因陷入憎恨泥沼成為被稱為大魔緣的惡妖。大魔緣茨木童子長年與人戰鬥，終於在明治初期的淺草被打倒，受業火焚燒，墜入地獄。

淺草於我而言，曾是離開人世的地點。

不過現在，卻是我打從心底熱愛的、大家的家園。

因為淺草讓我和馨、由理、上輩子的諸多夥伴，終於重逢了。

這塊土地重新牽起我們之間的羈絆。

因此，我一定會保護這塊土地，還有居住此地的人類和妖怪。

來吧，水屑。開啟我們的最後一場戰役吧。

這也是妳所期望的吧？

能斬斷從前世牽連至今的業力，阻止水屑惡行的，只有我們了。

《裏章》另一位英雄，茜

我的名字是津場木茜。

昨天夜裡，我才在京都的六道珍皇寺送天酒馨和叶過去地獄。

沒想到今天早上，馨就爬出那口井，回來了。

手中還拿著前世的愛刀外道丸。居然在地獄啊……

馨回來後，我告訴他茨木真紀醒過來的消息，他露出安心的表情，下一秒就直接昏倒，沉沉睡去。

其實京都也出了不少事，像是原本由京都陰陽局保管的酒吞童子首級，遭水屑一夥人搶走，京都陰陽局上下此刻已亂成一團。

不過這個爛攤子就交給土御門佳蓮處理，我們搭上新幹線啟程返回東京。

在新幹線裡，馨睡得極沉。

他想必累壞了。畢竟他去的可是地獄那種地方，不難想像。反倒是他居然這麼快就回來了，實在太厲害了。

馨醒來時，我們就快要抵達東京車站。

我向他說明目前的狀況。

淺草有許多普通人突然昏迷，他們的眷屬、叶的式神已經著手在處理了。

水屑那夥人從京都陰陽局搶走了酒吞童子的首級……

結果等我們回到東京的陰陽局總部，已是當天的中午過後。

本以為可以看見茨木真紀和天酒馨感人的重逢場景，沒想到那女的一醒過來，就跑到淺草去了。

絲毫不顧自己腹部上的傷口，也沒等馨回來。

那女的果然不是普通人啊。我傻眼。

「什麼……真紀已經先回淺草去了？她傷得這麼重，那個笨蛋……青桐，你為什麼沒有阻止她！」

「我阻止了，她不聽。」

「啊啊，天啊！」

馨因為自己妻子（前世）這種毫不瞻前顧後的莽撞個性抱頭哀號。接著，也不稍微喘口氣就要立刻趕去淺草。

「喂，等一下，馨。」

我拉住他的肩膀。

「不要阻止我，茜。我現在就想要馬上、立刻見到真紀。」

「誰要阻止你。我們陰陽局的退魔師待會會過去和你們會合，到時候多半會打電話聯絡，你先把手機的電源打開。」

沒想到，馨面露難色。

「……我猜測，敵人和其他夥伴現在應該都在建造於淺草地底下的狹間裡。那裡收不到手機的訊號。」

「那我在你身上放個印，這樣就知道你人在哪。」

於是，我用靈力做出一個五芒星印，貼在馨的背上。

好像貼紙喔。馨喃喃說出感想。

「那我走囉。」

「嗯，去吧。小心點。」

我們理所當然地說完簡直像是朋友之間的對話後，馨一個人快速離開總部，直直往淺草奔去。

確實，淺草現在的情況頗為糟糕。

一打開電視，就能看到新聞強力播送相關消息。

我們根本沒空可以休息。

只是，我還不能過去淺草。

我有種預感。很快，就將有一場大規模戰役會在那裡展開……

「茜，京都陰陽局已經同意使用童子切了，對吧？」
「青桐……嗯。畢竟對手可是那位ＳＳ級大妖怪玉藻前。這把刀，得交給那傢伙才行。」
我身上還帶著，透過土御門佳蓮從京都陰陽局拿到的那把刀。
長年收在刀鞘裡、遭到嚴密封印的一把太刀。
我帶著這把刀去見那傢伙。
那傢伙現在就關在陰陽局東京總部最深處的拘留所裡。
聽說他從昨天起，就一直蜷縮在房間角落，飯也不吃，水也不喝，和他說話也不理。
「喂。」
我從鐵柵欄的縫隙，朝雙手抱膝窩在陰暗角落的那個男人搭話。
來栖未來。
在日本官方紀錄上已經死亡的少年。
光從這一點，就透露出這傢伙悲壯人生的一絲端倪。
「喂。」
他不回應，我就再喊一聲。
「你之前那些同夥，現在把淺草搞得雞飛狗跳。很多普通人撞上強大妖氣，一個接一個昏倒，發高燒意識不清。因為水屑率領的那群妖怪，已經占領那個街區了。」我說了這些，他還是不出聲。

來栖未來乾脆整個人環抱住膝蓋，在房間角落低下頭。
他瀏海太長，遮住了表情。他緊緊蜷縮身子，就像一隻絕不相信人類的流浪黑貓。
「喂，你這傢伙，回我話啊。你又不是死了！」
我粗魯地抓住鐵柵欄，喀唰，鐵柵欄搖晃的聲音響起。
在聲響快消散時，來栖未來終於小聲詢問。
「我，什麼時候會被殺？」
「啊？」
「我刺了真紀一刀，是判死刑吧？」
「……不會判死刑啦。更何況，陰陽局也沒有這種權力。」
就算有，也不可能殺這傢伙。
只不過，看來，來栖未來一直認為自己隨時可能會接受處分。
這傢伙，那雙眼睛裡毫無求生意志……
「說起來，要判定你有罪也太奇怪了。茨木真紀那傢伙，側腹雖然被刺了一個洞，現在可是活蹦亂跳的。」
「咦……？」
「那傢伙已經拿刀衝去淺草了。她明明才剛受重傷，這根本不合常理對吧？那傢伙絕對不是人類……啊，上輩子的確是大妖怪……」

來栖未來半張著嘴，抬起頭。

我隔著鐵柵欄觀察他的反應，一屁股坐下，撕開用來代替正餐的能量棒的包裝袋，大口咬了起來。一盒裡面裝了兩袋的那種。起士口味。

「真紀……還活著？」

「廢話，那女的有那麼容易掛掉嗎？」

我都說成這樣了，來栖未來的神情依然滿是羞愧及脆弱。

眼睛下面的黑眼圈很深，臉色蒼白，雙頰凹陷。

看來沒人告訴他，茨木真紀已經醒來的消息。

我吞下嘴裡的能量棒，輕輕嘆口氣。

「茨木真紀，她活下來了。」

我認為，必須好好向他說明來龍去脈。

因此我沒有絲毫隱瞞，娓娓道來一切經過。

「茨木真紀……茨木童子還在世時，為了找回酒吞童子的首級，犯下數不清的罪孽。她被你刺了一刀後，一直昏迷不醒，是因為她的魂魄被拖到地獄裡了。那是她自作自受，不是你的責任。」

「地、地獄……？」

「只是，天酒馨賭上性命，把那傢伙的魂魄帶了回來。馨跟著掉進地獄，向閻羅王談條件，付出許多代價，才把茨木真紀的魂魄帶回這個世界。」
「……」
我無法預料他聽了這些事實，會有什麼樣的反應。
在來栖未來的體內，也寄宿著酒吞童子的魂魄。因為那一半的魂魄，使得這傢伙深受茨木真紀吸引。他對天酒馨的心情有多複雜，連我都沒辦法想像。
可是，儘管如此，這傢伙必須突破現狀。
來栖未來這個模稜兩可的存在，必須透過某種引導，決定自己要選擇哪一邊，確立自身的認同。否則，他一定會精神崩潰。
因此，我認為有必要推他傾向「源賴光」那一側。
「來栖未來，馨已經做出選擇了……那你呢？你要選什麼？」
連我自己都感受到，我的語氣正逐漸激昂。
我極力保持冷靜，繼續把想說的話說完。
「你打算一輩子關在這裡嗎？一輩子就是被水屑那傢伙當傀儡利用過，沒有找到自己的幸福。我看了就不爽……」
啊啊，真的，看了就不爽。
把這傢伙逼到這種地步的那些渾球。
「……幸福？」

來栖未來喃喃重複這兩個字。

「你為什麼要在乎我的幸福？你不恨我嗎？你不希望我去死，不希望我過得很悲慘嗎？」

「啊？為什麼？」

「我刺傷了真紀，差點殺了她。你是真紀的夥伴吧？」

來栖未來似乎不能理解我的話。

那也是情有可原。我哼了一聲，嗤笑他的發言。

「真可惜，我和為茨木真紀癡迷的你跟其他人不同，我對那女的連一丁點依戀都沒有。不過，我的確是一直滿擔心你的。大概是因為，再怎麼說，我畢竟隸屬於『人類這一方』吧。」

因此我和由大妖怪轉世而成的那對夫婦，思考邏輯在根本上就截然不同。

「來栖未來，我話說在前頭，源賴光不是壞人。」

「咦……？」

「源賴光拯救了許多人類，是退魔師的英雄。如果你只聽妖怪那一方的想法，可能會認為源賴光是大壞蛋，酒吞童子才是正義之士。但我可不苟同，居然把我的英雄稱作大壞蛋！」

「……」

只要立場不同，英雄就會變成壞蛋，壞蛋也會變成英雄。

就像源賴光是人類的英雄，酒吞童子則是妖怪的英雄，而兩方卻互為必須爭個你死我活的仇敵一樣。

可是，來栖未來這個人類，懷抱著徹底相反的光與影兩方。

他不記得上輩子的事，身上卻留存著前世的詛咒，與生俱來的力量又遭人無情利用，還差點殺了自己喜歡的女孩。

老實說，很可憐。他是，他們也是。

受到千年前的業力束縛，被命運玩弄於手掌心，這些傢伙每一個都可憐得要命。

「我就坦白說，我沒辦法對你見死不救。」

我從鐵柵欄的縫隙中，眼神認真地直直望著來栖未來，把話說清楚。

因為來栖未來刺傷茨木真紀，被捉起來時，我看見了他的表情。

啊，這傢伙，他不想活下去了……

「你這人名字這麼帥，叫『未來』，結果根本沒在看未來，對吧？一臉人生無望的陰暗神情，一直不吃不喝，是打算咬舌自盡嗎？還是你認為，這樣可以向那女的贖罪？」

語畢，我從鐵柵欄縫隙朝來栖未來拋去方才那盒能量棒，裡面還剩一半。

「你聽好，我從小就崇拜源賴光。而且不是只有我，陰陽局的退魔師，每個人都崇拜源賴光。啊，等一下，那個，差不多……僅次於安倍晴明吧？」

「……」

「算了，就算聽我講這些，畢竟你沒有前世的記憶，可能沒什麼真實感。不過實際上，你就是擁有超乎尋常的退魔能力。再加上，你一出生就被妖怪們詛咒。因為這樣，你一路走來嚐過多少辛酸……我大致可以想像。我也一樣，我也受妖怪詛咒，真的不好受。」

「……你也是？」

「嗯，對。我們家族裡有個傢伙惹出不少麻煩，我平白受到池魚之殃，所以我一直很討厭妖怪。」

所以，只有我能夠了解這傢伙的心情，能體諒他的困難。

至今為止他的人生有多辛苦，我大概是最能夠想像的人。

來栖未來從長瀏海的間隙看著我，安靜聽我說。

「只要從事這一行，就會經常有機會接觸到與妖怪有關的詛咒，也會慢慢懂得該如何跟詛咒和平共處。我和陰陽局都有能力教你。我們會協助你去運用自己的力量，在社會上生存下去。」

「你到底……想說什麼？」

來栖未來的語氣變了，透著一絲懷疑。

他是認為我的話很可疑嗎？

於是，我清了清喉嚨。

「來栖未來，你，明年，和我一起去京都。」

單刀直入地提出具體方案。

雖說是方案，但在我心中，已是決定好的事項了。

「……啊？」

來栖未來當然會是這種反應。

「就是，我們去讀京都的陰陽學校。然後，你要成為日本第一的退魔師。啊，不對，要成為日本第一的是我，那你是日本第二……」

「……」

來栖未來的目光裡寫滿了，這傢伙在胡言亂語什麼？

「這樣一來，你肯定會拯救許多人。不僅妖怪相關的案件能順利解決，威脅人類生活的詭異現象也能迅速獲得解釋。你之前待的狩人組織，類似的團體還多得是。只要你加入陰陽局，也能幫助那些因為『看得見』而遭到利用的孩子。」

來栖未來滿是懷疑的神情，微微轉變了。

可能是因為我清楚描述出具體的美好未來，那傢伙的眼睛似乎微微亮起一絲光彩。

沒錯。這傢伙需要的，就是自身具體的未來樣貌。

可是……

「不可能啦，我怎麼可能當退魔師。」

來栖未來頑固地封閉內心。

環抱雙膝縮在陰暗的角落，彷彿在說只有那裡才是自己的聖域，不願意再踏出去一步。

「事到如今，就算我去做好事也沒有用。我不值得原諒。沒有人……沒有人對我有期待。」

「沒這回事！」

這傢伙反駁我的話，我就再駁斥回去。

「你聽好，退魔師現在因為缺乏人才，大家叫苦連天。要是有你這種力量強大的傢伙加入……就有幾個結果是顯而易見的。日後，和你一樣的孩子就能獲救，現在日夜奮戰的退魔師的負擔也有望減輕。」

「……」

「至少！我希望你成為退魔師！不光是為了你自己，也是為了我！」

我自己也認為這種說話方式有些粗暴，但「為了你自己」這種話，對這傢伙應該起不了多大效果。

因此我特別強調自己、其他退魔師，還有不相干的他人，都需要他的力量。

「可是，真的就沒辦法。我怎麼可能……活在光明中。我配不上，我做不到。好可怕。」

我都這樣鼓勵他了，他還是扭扭捏捏、躊躇不前，想要躲在泥沼般的陰影裡。

這傢伙不接受自己。

還有，他害怕離開黑暗後，會遇上比從前更難受的遭遇。

膽小、敏感。他這樣的性格，卻被迫成為狩人。

這傢伙一直不願意振作，就連我也不禁煩躁起來，可是……

「我就是在說！如果你遇上什麼麻煩，我會幫你！」

喀唰，我使勁抓住鐵柵欄，大聲喊。

「你給我聽好，從今以後，我都不會對你見死不救。我會照顧你。意思就是，我會當你的朋友！」

「朋……友……？」

「對，朋友。」

沒想到我居然會說出這麼丟臉的話。

「所以，你就不要躲在這種鬼地方放棄自己。你的力量不是只能用來破壞，還可以用來保護他人！」

不過，我豁出去了。來栖未來也好不到哪去，半張著嘴愣在原地。

我感覺自己像在對一尊雕像大吼大叫，但現在管不了那麼多了。

「退魔師的存在，原本就是為了守護力量遠遠低於妖怪的弱小人類。發展到今天，就不再侷限於妖怪或人類了，正確來說應該是，制裁惡勢力，守護善良那一方。維持人類與妖怪之間的秩序。那就是我們的工作。而目前最大的威脅，就是水屑。」

接著，我退後幾步，和鐵柵欄拉開距離，舉起那把刀指向來栖未來。

「說起來，那傢伙就是千年前讓你們結下業力，造成一切糾葛的罪魁禍首吧。那麼，你就用這把童子切去和水屑戰鬥。向搞亂你人生的那些傢伙痛痛快快地復仇！」

——童子切，在日本最出名的斬妖寶刀。

來栖未來眼睛一眨也不眨地直盯著這把刀，緩緩站起身。

下一刻，淚水靜靜滑下。

簡直像魂魄共振、分隔兩地的兄弟終於重逢的瞬間。

不過那兩行淚水，也透露了這場重逢勾出的恐懼與憎恨。

按照史實，源賴光用這把刀砍下酒吞童子的首級。

既然來栖未來體內有源賴光的魂魄，他就有可能駕馭這把刀。這是連大妖怪都能斬殺的一把刀。

我能理解，他對這把刀的情感很複雜。

不過即使如此，這傢伙也必須跨越前世和這把刀帶給他的掙扎。

「過來，來栖未來。」

「……」

「和我，和我們一起戰鬥。拜託你……」

為什麼？連我都想哭了。

我沒有想要這麼熱血。

只是事情到了這個地步，我很想親眼看見這傢伙，和他們並肩戰鬥，一同開創全新的未來。

這樣的話，情況一定會有所轉變。

人類與妖怪的未來，肯定會步入光明吧。

後記

各位讀者好，我是友麻碧。

首先，真的很抱歉，淺草鬼妻日記第九集的上市日期比計畫延後許久。

由於新冠肺炎疫情肆虐，一直沒辦法出門取材，開場的故事大綱也因此必須重新改寫，原先規劃好的時程大幅度更動，再加上其他系列的出刊計畫，才會拖到這麼晚。讓各位久等了。居然讓真紀在地獄裡待了一年以上……

這一集，馨為了去救真紀，主動掉進地獄的世界。

上一集還在和海外的吸血鬼對戰，這一集場景就忽然拉到地獄。我一邊寫，一邊不禁想著，故事發展也太倉促了。不過共同點應該是，兩者皆是描寫鬼的故事吧。

地獄裡到處都是鬼，擔任獄卒職務的，就是鬼。

調查地獄的相關資料是個煎熬的過程。不管哪本書，都清楚描寫出相當慘絕人寰的場面。馨也說了，需要馬賽克處理。讓我深深感受到，真的不能做壞事啊……

話雖這麼說，地獄的結構真的十分有趣。

在寫這部作品前，我曾去書中出現的京都六道珍皇寺勘查，當時閻羅王像和通往地獄之井正好在開放期間，還展示了許多地獄圖。我在寺裡，也問到不少有關六道珍皇寺、小野篁和地獄的詳細資訊。如果各位在疫情趨緩後，有打算去一趟京都，或是對地獄有興趣的讀者，很推薦去這間寺走走喔。

接下來，是宣傳時間。

同一個月，淺草鬼妻日記漫畫版第六集也將上市。故事內容進展到小說第三集的後半，回顧前世的記憶，還有首次與本系列主要敵人水屑對戰。應該是淺草鬼妻日記回響最熱烈的情節。封面也很精美，漫畫版中，藤丸老師的繪畫實力和熱情一覽無遺，請大家務必去欣賞一下！本月起，相當於小說版第四集的新章節也會開始連載，也請大家千萬不要錯過。（註2）

責編大人。

這次在時程上也給你帶來許多麻煩，真的很感謝你的鼎力相助。第九集能順利發行，都是責編大人的功勞！

今後也要麻煩你多多關照。

註2：以上為日本出版狀況。

插畫師，あやとき老師。

這次的封面，風格不同於以往，在漆黑底色畫上許多彼岸花，還有占滿版面的大魔緣茨木童子。帥氣無比的插畫令我深受震撼。

真的很感謝您畫出具有衝擊性，又漂亮的插圖！今後也要繼續麻煩您。

還有，各位讀者。

下一次，就要揭開最終決戰的序幕了。

下一集多半就是這系列的完結篇了。剩下的情節會用一集說完，還是需要兩集，不實際寫不曉得，但可以確定的是，淺草鬼妻日記這系列將要邁入收尾的階段了。

妖怪夫婦希望這一世一定要獲得幸福。

如果沒有愛，根本不會有想讓你們獲得幸福的想法。

第一集令人懷念的副標題和這一集裡叶老師說的這句話，道盡了這系列的一切。

在寫故事結尾時，我想要牢牢記著這句話。

請務必守望「他們」坎坷多舛的命運到最後，相信燦爛閃耀的未來必將來到。

那麼。

我很期待下一集也能再次見到各位。

友麻碧

國家圖書館出版品預行編目資料

淺草鬼妻日記 . 9, 妖怪夫婦在地獄盡頭等你 / 友麻碧著 ; 莫秦譯 . -- 一版 . -- 臺北市 : 臺灣角川股份有限公司 , 2022.12

面 ; 公分

譯自 : 浅草鬼嫁日記 . 九 , あやかし夫婦は地獄の果てで君を待つ。

ISBN 978-626-352-094-3(平裝)

861.57 111017190

淺草鬼妻日記 九 妖怪夫婦在地獄盡頭等你

原著名＊浅草鬼嫁日記 九　あやかし夫婦は地獄の果てで君を待つ。

作　　者＊友麻碧
插　　畫＊あやとき
譯　　者＊莫秦

2022 年 12 月 8 日　一版第 1 刷發行

發 行 人＊岩崎剛人
總　　監＊呂慧君
總 編 輯＊蔡佩芬
特約編輯＊林毓珊
美術設計＊李曼庭
印　　務＊李明修（主任）、張加恩（主任）、張凱棋

台灣角川

發 行 所＊台灣角川股份有限公司
地　　址＊104 台北市中山區松江路 223 號 3 樓
電　　話＊（02）2515-3000
傳　　真＊（02）2515-0033
網　　址＊http://www.kadokawa.com.tw
劃撥帳戶＊台灣角川股份有限公司
劃撥帳號＊19487412
法律顧問＊有澤法律事務所
製　　版＊尚騰印刷事業有限公司
I S B N＊978-626-352-094-3